Telón

Biblioteca Agatha Christie

Biografía

Agatha Christie es conocida en todo el mundo como la Dama del Crimen. Es la autora más publicada de todos los tiempos, tan solo superada por la Biblia y Shakespeare. Sus libros han vendido más de un billón de copias en inglés y otro billón largo en otros idiomas. Escribió un total de ochenta novelas de misterio y colecciones de relatos breves, diecinueve obras de teatro y seis novelas escritas con el pseudónimo de Mary Westmacott.

Probó suerte con la pluma mientras trabajaba en un hospital durante la Primera Guerra Mundial, y debutó con *El misterioso caso de Styles* en 1920, cuyo protagonista es el legendario detective Hércules Poirot, que luego aparecería en treinta y tres libros más. Alcanzó la fama con *El asesinato de Roger Ackroyd* en 1926, y creó a la ingeniosa Miss Marple en *Muerte en la vicaría*, publicado por primera vez en 1930.

Se casó dos veces, una con Archibald Christie, de quien adoptó el apellido con el que es conocida mundialmente como la genial escritora de novelas y cuentos policiales y detectivescos, y luego con el arqueólogo Max Mallowan, al que acompañó en varias expediciones a lugares exóticos del mundo que luego usó como escenarios en sus novelas. En 1961 fue nombrada miembro de la Real Sociedad de Literatura y en 1971 recibió el título de Dama de la Orden del Imperio Británico, un título nobiliario que en aquellos días se concedía con poca frecuencia. Murió en 1976 a la edad de ochenta y cinco años.

Sus misterios encantan a lectores de todas las edades, pues son lo suficientemente simples como para que los más jóvenes los entiendan y disfruten pero a la vez muestran una complejidad que las mentes adultas no consiguen descifrar hasta el final.

www.agathachristie.com

Agatha Christie
Telón

Traducción: Alberto Coscarelli

ESPASA

Obra editada en colaboración con Editorial Planeta – España

Título original: *Curtain*

© 1975, Agatha Christie Limited.
Todos los derechos reservados.

Traducción: Alberto Coscarelli

© Grupo Planeta Argentina S.A.I.C. – Buenos Aires, Argentina

Derechos reservados

© 2022, Editorial Planeta Mexicana, S.A. de C.V.
Bajo el sello editorial BOOKET M.R.
Avenida Presidente Masarik núm. 111,
Piso 2, Polanco V Sección, Miguel Hidalgo
C.P. 11560, Ciudad de México
www.planetadelibros.com.mx

Agatha Christie

Primera edición impresa en España: abril de 2022
ISBN: 978-84-670-6564-0

Primera edición impresa en México en Booket: noviembre de 2022
ISBN: 978-607-07-9386-8

Impreso en los talleres de Impresora Tauro, S.A. de C.V.
Av. Año de Juárez 343, Colonia Granjas San Antonio, Iztapalapa
C.P. 09070, Ciudad de México.
Impreso y hecho en México-*Printed and made in Mexico*

Capítulo primero

¿Quién no ha sufrido alguna vez un repentino sobresalto al revivir una vieja experiencia o al sentir una antigua emoción?

«He hecho esto antes...»

¿Por qué esas palabras siempre nos conmueven tan profundamente?

Esa era la pregunta que me formulé mientras viajaba en el tren con la mirada puesta en el llano paisaje de Essex.

¿Cuántos años habían pasado desde que hice este mismo trayecto? ¡Había sentido entonces (menuda estupidez) que lo mejor de mi vida había terminado! Herido en una guerra, que para mí siempre sería un trauma, una contienda barrida ahora por una segunda mucho más desesperada.

En 1916, el joven Arthur Hastings creía que ya era viejo y caduco. No me había dado cuenta de que, para mí, la vida solo estaba empezando.

Viajaba entonces, aunque no lo sabía, al encuentro del hombre cuya influencia moldearía mi vida. En realidad, iba a pasar una temporada con mi viejo amigo John Cavendish, cuya madre, que había contraído segundas nupcias hacía poco, tenía una mansión campestre llamada Styles. Un placentero reencuentro con viejas amistades, eso era lo único que ocupaba mis pensamientos, sin saber que dentro de muy poco me vería envuelto en los oscuros entresijos de un misterioso asesinato.

Fue en Styles donde volví a cruzarme con aquel hombre extraño, Hércules Poirot, a quien había conocido por primera vez en Bélgica.

Recordaba con toda claridad mi asombro al descubrir aquella figura que avanzaba cojeando, en la que destacaban unos bigotes descomunales.

¡Hércules Poirot! Desde aquellos días, ha sido mi amigo más querido y su influencia ha moldeado mi vida. En su compañía, mientras perseguíamos a otro asesino, conocí a mi esposa, la más dulce y fiel compañera que cualquier hombre pudiera desear.

Ahora yace en tierra argentina, como había deseado, sin una larga y penosa agonía, ni afectada por las debilidades de la vejez. Pero ha dejado atrás a un hombre muy solitario y desdichado.

¡Ah! Si pudiera dar marcha atrás y vivirlo todo otra vez, si este pudiera volver a aquel día de 1916 en que había viajado a Styles por primera vez... ¡Cuántos cambios han ocurrido desde entonces! ¡Cuántas ausencias entre los rostros conocidos! Los Cavendish habían vendido Styles. John Cavendish estaba muerto. Su viuda, Mary (aquella criatura fascinante y enigmática), vivía ahora en Devonshire. Laurence residía con su esposa y sus hijos en África del Sur. Cambios, cambios por todas partes.

Pero, curiosamente, había algo que seguía siendo justo igual. Regresaba a Styles para encontrarme con Poirot.

Me había quedado estupefacto al recibir su carta con el membrete de Styles Court, Styles, Essex.

No había visto a mi amigo desde hacía casi un año. La última vez me había sentido asombrado y triste. Era ahora un hombre muy anciano y casi paralizado por la artritis. Había viajado a Egipto con la esperanza de encontrar algún alivio, pero había regresado, así me lo decía en la carta, peor que antes. Sin embargo, escribía con alegría:

¿No le intriga, amigo mío, ver la dirección desde donde le escribo? Le trae viejos recuerdos, ¿verdad? Sí, estoy aquí, en Styles. Figúrese, ahora es lo que llaman una casa de huéspedes, dirigida por uno de sus viejos coroneles, de esos apegados a las rancias tradiciones. Es su esposa, bien entendu, quien consigue que sea rentable. Es una buena administradora, pero tiene una lengua viperina y el pobre coronel es quien paga su mal genio. ¡Yo, en su lugar, ya le habría partido la cabeza de un hachazo!

Vi un anuncio en el periódico y me hizo ilusión volver una vez más al lugar que fue mi primer hogar en este país. A mi edad, se disfruta reviviendo el pasado.

Entonces, figúrese usted, encontré aquí a un caballero, un baronet que es amigo del jefe de su hija. (Esta frase se parece un poco a un ejercicio de francés, ¿no cree?)

Inmediatamente concebí un plan. El baronet quiere convencer a los Franklin de que vengan a pasar el verano aquí. Yo, a mi vez, le persuadiré a usted y todos estaremos juntos, en familia. Será muy agradable. Por lo tanto, mon cher *Has-*

tings, dépêchez-vous, *venga con la mayor celeridad. Le he reservado una habitación con baño (como comprenderá usted, nuestro viejo y querido Styles ha sido reformado) y además he discutido el precio con la feroz señora Luttrell hasta conseguir un acuerdo tres bon marché.*

Judith, su encantadora hija, y los Franklin llevan aquí algunos días. Todo está arreglado, así que no me venga con cuentos.

À bientôt,

Muy afectuosamente,

Hércules Poirot

La perspectiva era tentadora y cedí a los deseos de mi viejo amigo sin la menor vacilación. No tenía ataduras ni casa fija. En cuanto a mis hijos, uno estaba en la Marina, el otro casado y a cargo de nuestra finca en Argentina; mi hija Grace se había desposado con un militar y, en la actualidad, vivía en la India; Judith, la menor de mis hijas, era a la que siempre había querido más, aunque nunca la había comprendido. Era una muchacha extraña, silenciosa, con una gran pasión por seguir sus propias ideas, que en ocasiones me había ofendido y angustiado. Mi esposa había sido más comprensiva. No es falta de confianza o de cariño por parte de Judith, me decía, sino una especie de feroz impulso. Pero a ella, lo mismo que a mí, le preocupaba mucho la muchacha. Los sentimientos de Judith, decía, eran muy intensos, muy concentrados, y era muy reservada e insegura. Pasaba por épocas de malhumorado silencio y otras de un tremendo afán participativo. Sin duda, era la más inteligente de la familia y por eso aceptamos complacidos su deseo de emprender una carrera universitaria. Obtuvo una licenciatura en Ciencias y, casi de inmediato, entró a trabajar como secretaria y ayudante de un médico que realizaba trabajos de investigación en el campo de las enfermedades tropicales. Su esposa era inválida.

A veces me asaltaba la duda y me preguntaba si la dedicación absoluta que Judith demostraba por su trabajo y la admiración por su jefe no serían una prueba de que estaba dispuesta a entregarle su corazón, pero me tranquilizaba ver que la relación no se apartaba nunca del marco estrictamente científico.

Creía que Judith me quería, pero era muy poco cariñosa por naturaleza y, con frecuencia, despreciaba y se mostraba poco tolerante con lo que calificaba como mis anticuadas ideas sentimentales. Reconozco que a veces mi hija conseguía ponerme un poco nervioso.

Mis meditaciones se vieron interrumpidas en este punto por la entrada del tren en la estación de Styles St. Mary. Esta al menos no había cambiado, como si el tiempo no hubiese pasado. Seguía allí, en pleno campo, sin ninguna razón aparente para su existencia.

Sin embargo, mientras el taxi me llevaba a través del pueblo, vi el efecto del paso de los años. Todo estaba irreconocible. Gasolineras, un cine, dos hoteles más y multitud de casas nuevas.

Por fin llegamos a la verja de Styles. Aquí nos alejábamos otra vez de los tiempos modernos. El parque seguía igual que lo recordaba, pero la calzada se veía descuidada y los hierbajos crecían entre las grietas del pavimento. Rebasamos un recodo y la casa apareció ante nosotros. La fachada no mostraba cambio alguno y necesitaba con urgencia una mano de pintura.

Igual que aquella primera vez tantos años atrás, una mujer se afanaba entre los macizos de flores. El corazón me dio un vuelco. Entonces la mujer se irguió y se dirigió hacia mí. Me reí de mí mismo. Aquella señora no se parecía en nada a la fornida Evelyn Howard.

Era una señora mayor y de aspecto frágil, con el pelo blanco rizado, mejillas sonrosadas y unos ojos azul claro de mirada fría que no concordaban con la vivacidad de sus modales, que resultaban un tanto exagerados para mi gusto.

—Es usted el capitán Hastings, ¿no? Me encuentra usted con los dedos sucios, así que tendrá que disculparme si no le estrecho la mano. Estamos encantados de tenerle aquí, ¡no se imagina lo mucho que hemos oído hablar de usted! Me presentaré. Soy la señora Luttrell. Mi marido y yo compramos esta casa en un ataque de locura y, desde entonces, estamos intentando sacarle algún rendimiento. ¡Nunca pensé que un día regentaría un hotel! Pero se lo advierto, capitán Hastings, soy una magnífica administradora. Cargo hasta el último extra y, si no los hay, me los invento.

Ambos nos echamos a reír como si se tratara de un chiste muy divertido, pero se me ocurrió que las palabras de la señora Luttrell encerraban una verdad como un templo. Detrás de la pátina de sus amables modales de gran señora atisbé una dureza implacable.

La señora Luttrell hablaba con un leve acento irlandés, pero no tenía sangre irlandesa. Aquello no era más que una pose.

Pregunté por mi amigo.

—Ah, el pobre monsieur Poirot. Con cuánta ansia espera su llegada. Algo conmovedor. No sabe usted la pena que siento al verlo sufrir de esa manera.

Caminábamos hacia la casa y ella empezó a quitarse los guantes de jardinería.

—Su hija es preciosa —añadió—. Judith es una muchacha encantadora. Todos la admiramos muchísimo, pero yo estoy muy chapada a la antigua, sabe usted, y me parece una vergüenza y un pecado que una joven como ella, que tendría que ir a bailes y fiestas con gente de su edad, se pase el día diseccionando conejos e inclinada sobre el microscopio. Eso está bien para las feas.

—¿Dónde se encuentra ahora? —pregunté—. ¿Está por aquí?

La señora Luttrell puso cara de pena.

—Ah, la pobre. Está encerrada en aquel estudio al fondo del jardín. Se lo tengo alquilado al doctor Franklin, que se lo ha preparado a su gusto. Tiene jaulas con conejillos de Indias, pobres criaturas, ratones y conejos. No estoy muy segura de que me agrade tanta ciencia, capitán Hastings. Ah, aquí está mi marido.

El coronel Luttrell acababa de aparecer por una de las esquinas de la casa. Era un hombre muy alto, con un rostro cadavérico, ojos azules de mirada tranquila y la manía de tirarse del bigotillo canoso. Sus maneras eran nerviosas y poco decididas.

—Ah, George, este es el capitán Hastings.

El coronel me estrechó la mano.

—Ha llegado usted en el tren de las cinco... cuarenta, ¿eh?

—¿En qué otro podía venir si no? —intervino la señora Luttrell con voz agria—. Además, ¿qué importancia tiene? Llévale arriba y enséñale su habitación, George. Supongo que luego querrá ir a ver a su amigo Poirot, ¿o prefiere una taza de té primero?

Le respondí que se lo agradecía, pero que no quería té y prefería ir a saludar a mi amigo.

—De acuerdo —dijo el coronel Luttrell—. Vamos allá. Supongo que..., esto..., ya habrán subido sus cosas, ¿eh, Daisy?

—Esto es asunto tuyo, George —respondió la señora Luttrell en tono áspero—. He estado trabajando en el jardín. No puedo ocuparme de todo.

—No, no, por supuesto que no. Ya me ocuparé yo, querida.

Subimos juntos los escalones de la entrada. En el umbral nos encontramos con un hombre canoso, delgado, que salía apresuradamente con unos prismáticos. Cojeaba y tenía un rostro infantil en el que se reflejaba una expresión de ansiedad.

—Hay una pareja de herrerillos que están haciendo el nido en el sicomoro —explicó con un leve tartamudeo.

—Ese es Norton —me informó el coronel mientras entrábamos en el vestíbulo—. Un buen tipo. Loco por los pájaros.

En el vestíbulo había un gigantón junto a una mesa. Era obvio que acababa de hacer una llamada telefónica. Nos miró, al tiempo que comentaba:

—Me gustaría ahorcar y descuartizar a todos los contratistas y constructores. Nunca hacen nada bien, malditos sean.

Su enfado era tan cómico y ridículo que ambos nos echamos a reír. Sentí curiosidad por aquel hombre. Era muy apuesto, aparentaba más de cincuenta años, con el rostro muy curtido y bronceado. Tenía todo el aspecto de haber vivido siempre al aire libre y también parecía un tipo de hombre de los que ya no había, un inglés de la vieja escuela, franco, amante de la vida en el campo y con dotes de mando.

No me sorprendí cuando el coronel Luttrell lo presentó como sir William Boyd Carrington. Estaba al corriente de que había sido gobernador de una provincia de la India, en donde se había ganado la reputación de buen dirigente. También era un excelente tirador y había destacado en la caza mayor. La clase de hombre, pensé con tristeza, que escasea cada vez más en estos tiempos de degeneración.

—¡Ajá! Me alegro de conocer en carne y hueso al famoso personaje «*mon ami Hastings*». —Se echó a reír—. Nuestro querido belga no hace otra cosa que hablar de usted. Además, por supuesto, tenemos aquí a su hija. Una gran muchacha.

—Supongo que Judith no hablará mucho de mí —repliqué sonriente.

—No, no, es demasiado tímida. A las chicas de hoy les da vergüenza admitir que tienen padre o madre.

—Los padres somos una carga.

—Bueno, yo no tengo que pasar por eso. No tengo hijos. Judith es una muchacha preciosa, y muy inteligente. Lo encuentro un tanto preocupante. —Volvió a coger el teléfono—. Espero que no le importe, Luttrell, si pongo en su sitio a la operadora. No soy un hombre paciente.

—Se lo tiene merecido.

Luttrell subió la escalera y lo seguí. Me llevó por un pasillo del ala izquierda de la casa hasta una puerta en el fondo, y comprendí que Poirot había escogido para mí la misma habitación que la primera vez.

Habían hecho cambios. Mientras caminaba por el pasillo, vi por las puertas abiertas las habitaciones en las que habían dividido los grandes y anticuados dormitorios para duplicar la capacidad.

Mi habitación, que no era de las grandes, no presentaba ninguna modificación aparte de la instalación de un pequeño cuarto de baño y de las cañerías del agua caliente. El mobiliario era moderno y barato, cosa que me desilusionó. Hubiera preferido un estilo más en consonancia con la arquitectura de la casa.

El equipaje ya estaba en la habitación y el coronel me explicó que el cuarto de Poirot se encontraba al otro lado del pasillo. Se disponía a acompañarme cuando una voz aguda y chillona gritó desde el vestíbulo: «¡George!».

El coronel dio un bote como un caballo nervioso. Se llevó la mano a los labios.

—¿Cree que estará cómodo? Llámeme si necesita cualquier cosa.

—¡George!

—Ya voy, querida, ya voy.

Se marchó casi corriendo. Lo vi alejarse. Después, con el corazón latiéndome un poco más rápido, crucé el pasillo y llamé a la puerta de la habitación de Poirot.

Capítulo 2

En mi opinión, no hay nada tan penoso como los estragos producidos por la edad.

Mi pobre amigo. Lo he descrito en innumerables ocasiones. Ahora lo hago una vez más para transmitirles a ustedes las diferencias: paralizado por la artritis, se valía de una silla de ruedas. El cuerpo, antaño regordete, era ahora el de un hombre pequeño y flaco, un cascarón hundido. El rostro era una masa de arrugas. Es cierto que los bigotes y el pelo seguían siendo de un color negro azabache, pero, aunque nunca me hubiera atrevido a herir sus sentimientos diciéndoselo, teñirse era un error. Llega un momento en que resulta dolorosamente obvio. Años atrás me había sorprendido al enterarme de que la negrura del pelo de Poirot se debía al tinte. Ahora, el engaño era evidente y solo transmitía la impresión de que utilizaba una peluca y un bigote postizo para divertir a los niños.

Solo sus ojos eran los mismos de siempre, alerta y brillantes, y ahora..., sí, sin duda, enternecidos por la emoción.

—*Ah, mon ami Hastings..., mon ami Hastings...*

Incliné la cabeza y él, como era su costumbre, me abrazó afectuosamente.

—*Mon ami Hastings!*

Se echó hacia atrás, mirándome con la cabeza un poco ladeada.

—Sí, está como siempre: la espalda recta, los hombros cuadrados, un toque de gris en las sienes, *très distingué.* ¿Sabe, amigo mío?, envejece bien. *Les femmes...* todavía se interesan por usted, ¿no?

—Vamos, Poirot —protesté—. Debe usted...

—Le aseguro, amigo mío, que es una prueba..., definitiva. Cuando las muchachas jóvenes se acercan y te hablan de forma bondadosa, ¡es el final! «Tenemos que ser amables con el pobre viejo», dicen. «Es terrible verse así.» Pero usted, Hastings, *vous êtes encore jeune.* Para usted todavía hay esperanza. Eso es, retuérzase el bigote, enderece los hombros... Compruebo que es tal como digo; de lo contrario, no se lo vería tan seguro de sí mismo.

Me eché a reír.

—Usted es el colmo, Poirot. ¿Cómo se encuentra?

—Estoy hecho un desastre —afirmó Poirot con una mueca—. Soy una ruina. No puedo caminar. Soy un inválido. Por fortuna, todavía puedo alimentarme por mí mismo; de lo contrario, tendrían que atenderme como a un bebé. Tendrían que acostarme, lavarme y vestirme. En fin, no es nada divertido. Pero, y demos gracias de que sea así, a pesar de la decadencia exterior, el núcleo todavía está sano.

—Sí, desde luego. El mejor corazón del mundo entero.

—¿El corazón? Nada de eso. No me refería al corazón. Hablo del cerebro, *mon cher*, cuando menciono el núcleo. Mi cerebro todavía funciona magníficamente.

Aprecié con claridad que no sufría ningún deterioro cerebral, al menos en lo que hacía referencia a la modestia.

—¿Le gusta este lugar?

Poirot encogió los hombros.

—Me basta. No es, como usted puede ver, el Ritz. No, desde luego que no. La habitación que ocupaba cuando llegué era pequeña y estaba mal amueblada. Me trasladé a esta sin tener que pagar más. En cuanto a la cocina, es la peor de la gastronomía inglesa. Esas coles de Bruselas, tan grandes y duras, que tanto les gustan a los ingleses. Las patatas hervidas o bien están crudas o se deshacen. Las verduras saben a agua, y a nada más. La ausencia más absoluta de pimienta y sal en todos los platos...

Hizo una pausa muy expresiva.

—Algo terrible —opiné.

—No me quejo —replicó Poirot, pero siguió quejándose—. También está lo que llaman modernización. Los baños, los grifos... ¿qué suministran? Agua tibia, *mon ami*, a cualquier hora del día, y no hablemos de las toallas, ¡casi transparentes y ásperas como el papel de lija!

—A veces se añoran los viejos tiempos —comenté pensativamente.

Recordé las nubes de vapor que salían del grifo de agua caliente del único baño que había tenido Styles, uno de aquellos baños en que la inmensa bañera con bordes de caoba reinaba orgullosa en el centro del cuarto. Recordé también las grandes y suaves toallas y los brillantes recipientes de latón llenos de agua hirviendo junto a los antiguos lavabos.

—Pero uno no debe quejarse —repitió Poirot—. No me molesta sufrir por una buena causa.

Un pensamiento estremecedor me pasó por la cabeza.

—Una pregunta, Poirot, no estará usted pasando por un mal momento económico, ¿verdad? Sé que la guerra afectó mucho las inversiones...

Poirot se apresuró a tranquilizar mis temores.

—No, no, amigo mío. Estoy en una situación acomodada. La verdad es que soy rico. No es ahorrar lo que me trae aquí.

—Entonces, todo está en orden. Creo comprender sus sentimientos. A medida que envejecemos, todos mostramos una tendencia a volver al pasado. Intentamos recuperar las viejas emociones. Hasta cierto punto, a mí me resulta doloroso estar aquí y, sin embargo, me trae a la memoria un centenar de viejos pensamientos y emociones que no recordaba haber experimentado. Me atrevería a decir que usted siente lo mismo.

—No, ni en lo más mínimo. No siento nada por el estilo.

—Eran buenos tiempos —opiné con voz triste.

—Hable por usted, Hastings. Para mí, la llegada a Styles St. Mary fue un momento triste y doloroso. Era un refugiado, herido, exiliado de mi hogar y de mi país, que vivía de la caridad en una tierra extranjera. No, no fue muy alegre. No sabía entonces que Inglaterra se convertiría en mi hogar y que aquí encontraría la felicidad.

—Lo había olvidado —reconocí.

—Precisamente. Usted siempre atribuye a los demás los sentimientos que usted experimenta. ¡Hastings es feliz, así que todos son felices!

—No, no —protesté, riendo.

—En cualquier caso, no es verdad —añadió Poirot. Mira atrás y dice con lágrimas en los ojos—: «Oh, aquellos días felices cuando era joven». Sin embargo, amigo mío, no era tan feliz como cree. Acababan de herirlo de gravedad, sufría porque no era apto para seguir en el servicio activo, estaba profundamente abatido por su estancia en un hospital deprimente y, por lo que recuerdo, complicó todavía más las cosas enamorándose de dos mujeres al mismo tiempo.

Me eché a reír con el rostro rojo como la grana.

—Vaya memoria tiene usted, Poirot.

—Recuerdo ahora el suspiro melancólico que exhaló mientras murmuraba fatuidades sobre aquellas dos encantadoras mujeres.

—¿Recuerda lo que dijo? Dijo: «¡Ninguna de las dos es para usted! Pero *courage*, *mon ami*. Volveremos a cazar juntos y entonces quizá...».

Me interrumpí. Porque Poirot y yo habíamos ido de caza otra vez en Francia y fue allí donde conocí a la única mujer...

Mi amigo me palmeó el brazo con suavidad.

—Lo sé, Hastings, lo sé. La herida todavía está fresca, pero no piense en ello, no mire atrás. Mire hacia delante.

Hice un gesto de disgusto.

—¿Adelante? ¿Para qué?

—*Eh bien*, amigo mío, hay un trabajo que nos aguarda.

—¿Un trabajo? ¿Dónde?

—Aquí.

Lo miré incrédulo.

—Ahora mismo acaba de preguntarme por qué he venido. Quizá ha pasado por alto que no le he respondido. Ahora le daré la respuesta. Estoy aquí para cazar a un asesino.

Lo miré todavía más asombrado. Por un momento creí que desvariaba.

—¿Lo dice en serio?

—Por supuesto. ¿Por qué otra razón iba a reclamar su presencia aquí con tanta urgencia? Mis miembros ya no funcionan, pero mi cerebro, como le dije, no tiene rival. Mi norma, recuérdelo, siempre ha sido la misma: sentarme y pensar. Eso todavía lo puedo hacer. En realidad, es lo único que aún puedo hacer. Para la parte más activa de mi campaña tendré conmigo a mi inestimable Hastings.

—¿Lo dice en serio? —repetí.

—Claro que sí. Usted y yo, Hastings, iremos de caza una vez más.

Tardé unos minutos en comprender que Poirot hablaba muy en serio. Por fantástica que pareciera su afirmación, no tenía ningún motivo para dudar de su cordura.

—Por fin se ha convencido —prosiguió con una leve sonrisa—. Por un momento, creyó que yo había perdido la chaveta, ¿no es así?

—No, no —respondí con rapidez—. Solo que aquí me parecía el lugar menos probable.

—Ah, ¿eso cree?

—Por supuesto, no he visto todavía a todos los que viven aquí...

—¿A quién ha visto?

—A los Luttrell, a un hombre llamado Norton, que parece un tipo inofensivo, y a Boyd Carrington. Debo decir que me ha causado muy buena impresión.

—Bien, Hastings, le diré algo más. Cuando haya visto

a los demás, mi afirmación le parecerá tan insólita como ahora.

—¿Quiénes más se hospedan aquí?

—Los Franklin, el doctor y su esposa, la enfermera que atiende a la señora Franklin y su hija Judith. Después está un hombre llamado Allerton, que se tiene por un conquistador, y una tal señorita Cole, una mujer de unos treinta y tantos años. Todos ellos, permítame que se lo diga, son personas encantadoras.

—¿Una de ellas es un asesino?

—Una de ellas es un asesino.

Me resultó difícil no embarullarme con las preguntas.

—Cálmese, Hastings. Comencemos por el principio. Le ruego que me alcance aquella caja pequeña que está sobre la cómoda. *Bien.* Ahora la llave.

Abrió la caja y sacó un montón de hojas mecanografiadas y recortes de periódicos.

—Puede usted estudiarlos a placer, Hastings. Por ahora, no me preocuparía de los recortes de periódico, no son más que las crónicas de diversas tragedias. Algunas son poco rigurosas y otras sugerentes. Si quiere hacerse una idea de los casos, le sugiero que lea los resúmenes que he preparado.

Comencé la lectura con un profundo interés.

Caso A: Etherington

Leonard Etherington. Hábitos desagradables: tomaba drogas y también bebía. Un personaje muy peculiar y sádico. Esposa joven y atractiva. Muy infeliz por su causa. Etherington murió, en apariencia, por una intoxicación alimentaria. El médico no quedó satisfecho. La autopsia reveló que la muerte se había debido a un envenenamiento por arsénico. Había herbicida en la casa, pero adquirido con mucha anterioridad. La señora Etherington fue detenida y acusada de asesinato. Había trabado amistad hacía poco con un hombre, funcionario de la Administración pública, que regresaba a la India. Ninguna prueba de infidelidad real, pero sí de que ambos simpatizaban. El joven se comprometió posteriormente con una muchacha a quien conoció en el viaje de regreso. Algunas dudas sobre si la señora Etherington recibió la carta en la que se lo comunicaba antes o después de la muerte de su marido. Ella asegura que antes. Las pruebas contra ella eran circunstanciales. Ausencia de cualquier otro sospechoso probable, y se descartó la posibilidad de un accidente. Se granjeó la simpatía del jurado y del público a causa del carácter de su marido y de los malos tratos que había sufrido. El resumen del juez la favoreció, al recalcar que el veredicto debía estar más allá de cualquier duda razonable.

La señora Etherington fue declarada inocente. Sin embargo, la opinión pública la consideró culpable. Después del juicio, tuvo una vida difícil debido al rechazo de sus amigos. Murió a consecuencia de una sobredosis de somníferos dos años después del juicio. El veredicto de la vista preliminar fue de muerte accidental.

Caso B: la señorita Sharples

Vieja solterona. Inválida. Persona difícil, aquejada de dolores terribles. La cuidaba su sobrina Freda Clay. La señorita Sharples murió a consecuencia de una sobredosis de morfina. Freda Clay admitió un error, y alegó que, no pudiendo soportar los sufrimientos de su tía, le administró una segunda dosis para calmar sus dolores. La policía dijo que fue un acto premeditado y no un error, pero consideraron que las pruebas eran insuficientes para abrir un proceso.

Caso C: Edward Riggs

Agricultor. Sospechó que su esposa lo engañaba con su inquilino, Ben Craig. Craig y la señora Riggs fueron encontrados muertos a tiros. Se comprobó que los disparos se hicieron con el arma de Riggs. Este se entregó a la policía. Declaró que podía ser el autor, pero que no lo recordaba. Dijo que había perdido la memoria. Condenado a muerte, se le conmutó la sentencia por la de cadena perpetua.

Caso D: Derek Bradley

Tenía una aventura amorosa con una chica. La esposa lo descubrió y amenazó con matarlo. Bradley murió envenenado con cianuro potásico que le pusieron en la cerveza. La señora Bradley fue detenida y juzgada por asesinato. Confesó el crimen en la sala. Convicta y ahorcada.

Caso E: Matthew Litchfield

Anciano despótico. Cuatro hijas en la casa; no les permitía nada ni disponían de dinero para sus gastos. Una noche, al regresar a su casa, fue atacado junto a la entrada y murió de un golpe en la cabeza. Acabadas las investigaciones, Margaret, la hija mayor, se presentó en comisaría, confesándose autora de la muerte de su padre. Declaró haberlo hecho para que sus hermanas pudieran disfrutar de la vida antes de que fuera demasiado tarde. Litchfield dejó una gran fortuna. Margaret Litchfield fue declarada incapacitada mental y la internaron en Broadmoor, pero murió poco tiempo después.

Leí todo aquello con mucha atención, pero con una creciente incredulidad. Por fin, dejé las hojas y miré a Poirot.

—¿Qué opina, *mon ami*? —me dijo.

—Recuerdo el caso Bradley —respondí con voz pausada—. Lo leí en su momento. Ella era una mujer hermosa. —Poirot asintió—. Pero debe usted decirme algo más. ¿A qué viene todo esto?

—Primero deme usted su opinión.

La petición me intrigó todavía más.

—Me ha dado un resumen de cinco asesinatos diferentes. Todos ocurrieron en lugares diferentes y con personas distintas. Además, no hay ni siquiera un parecido aparente entre ellos. Me refiero a que uno es un caso pasional; otro, el de una mujer infeliz que quería librarse de su marido; en otro, el motivo fue el dinero, aunque de una manera desinteresada porque el asesino no intentó escapar del castigo; y el quinto fue francamente brutal, cometido con toda probabilidad bajo la influencia del alcohol. —Hice una pausa y añadí sin mucha convicción—: ¿Hay entre ellos algo en común que haya pasado por alto?

—No, no, ha sido usted muy preciso en su resumen. El único punto que podría haber mencionado, pero no lo hizo, es el hecho de que en ninguno de esos casos existió una duda real.

—Me parece que no le entiendo.

—La señora Etherington, por ejemplo, fue absuelta. Pero todos, sin embargo, estaban convencidos de que lo hizo. No se presentaron cargos contra Freda Clay, pero nadie encontró una solución alternativa para el crimen. Riggs declaró que no recordaba haber asesinado a su esposa y al amante de esta, pero en ningún momento se planteó que lo hubiese hecho otra persona. Margaret Litchfield confesó. En cada caso, como puede ver, Hastings, había un único sospechoso evidente y nadie más.

Fruncí el entrecejo.

—Sí, es verdad, pero no veo las conclusiones que saca de ese hecho.

—Ah. Ahora le explicaré algo que usted todavía no sabe. Supongamos, Hastings, que, en cada uno de los casos que le he reseñado, hubiera un factor ajeno común a todos ellos.

—¿Qué quiere decir?

—Seré muy cuidadoso en lo que voy a decir —manifestó Poirot con voz pausada—. Se lo explicaré de esta manera. Hay cierta persona, la llamaremos X, que en ninguno de estos casos, en apariencia, tuvo motivos para asesinar a la víctima. En uno de ellos, hasta donde he podido averiguar, X se encontraba a más de trescientos kilómetros de la escena del crimen. Sin embargo, le diré una cosa: X era amigo íntimo de Etherington, X vivió durante un tiempo en el mismo pueblo que Riggs, X conocía a la señora Bradley. Tengo una instantánea de X y Freda Clay paseando juntos por la calle, y X se encontraba cerca de la casa cuando mataron al viejo Matthew Litchfield. ¿Qué me dice a eso?

Lo miré desconcertado.

—Sí, parece una exageración —respondí—. Podemos

aceptar la coincidencia en dos casos, tres como mucho, pero cinco es demasiado. Tiene que haber, por increíble que parezca, alguna conexión entre los diferentes asesinatos.

—Entonces, ¿asume lo que he dicho?

—¿Que X es el asesino? Sí.

—En ese caso, Hastings, estará dispuesto a acompañarme en mi siguiente paso. Le diré otra cosa: X está en la casa.

—¿Aquí? ¿En Styles?

—En Styles. ¿Cuál es la deducción lógica que podemos sacar del hecho?

La intuía, pero prefería oírla de sus labios.

—Adelante, dígalo.

—Dentro de muy poco, aquí se cometerá un asesinato —afirmó Poirot en un tono grave.

Capítulo 3

Por un momento, miré desconcertado de nuevo a Poirot, pero después reaccioné.

—No, no se cometerá. Usted lo evitará.

Poirot me dirigió una mirada afectuosa.

—Mi fiel amigo, cuánto aprecio su fe en mí. *Tout de même*, no estoy muy seguro de que esté justificada en este caso.

—Tonterías. Por supuesto que podrá evitarlo.

—Reflexione un minuto, Hastings —replicó Poirot con voz grave—. Sí, se puede atrapar a un asesino. Pero ¿cómo se hace para impedir un asesinato?

—Bueno, uno... uno..., bueno, quiero decir..., si se sabe de antemano... —Hice una pausa, porque de pronto fui consciente de las dificultades.

—¿Lo ve? No es tan sencillo. En realidad, solo hay tres métodos. El primero consiste en advertir a la víctima, ponerla en guardia. Esto no siempre funciona, porque es muy difícil convencer a algunas personas de que se encuentran ante una amenaza mortal, posiblemente por parte de alguien cercano y querido. Se indignan y se niegan a creerlo. El segundo camino es advertir al asesino. Decirle, en un lenguaje apenas velado: «Conozco tus intenciones. Si muere fulano de tal, amigo mío, acabarás en la horca». Esto casi siempre tiene más éxito que el primer método, pero también es probable que falle. Un asesino, amigo mío, es la criatura más vanidosa de la Tierra, un asesino siempre es más astuto que los demás, nadie nunca sospechará de él o ella, la policía se sentirá desconcertada, etcétera. Por lo tanto, sigue adelante, y lo único que nos queda es la satisfacción de colgarlo. —Hizo una pausa para después añadir en tono pensativo—: En dos ocasiones advertí a un asesino: la primera vez en Egipto y la segunda en otra parte. En ambos casos, el criminal estaba decidido a matar. Aquí puede ocurrir lo mismo.

—Ha dicho usted que había un tercer método —le recordé.

—Ah, sí. Para el tercero hay que ser muy listo. Tienes que adivinar con exactitud cuándo y dónde se llevará a cabo el golpe, y tienes que estar preparado para aparecer en el momento preciso. Tienes que atrapar al asesino, si no con las manos en la masa, por lo menos cuando no haya ninguna duda de sus intenciones. Eso, amigo mío, se lo aseguro, es un asunto de gran dificultad y muy delicado, y no le puedo dar ninguna garantía de éxito. Puedo ser presuntuoso, pero no hasta ese extremo.

—¿Cuál es el método que se propone emplear aquí?

—Puede que los tres. El primero es el más difícil.

—¿Por qué? Creía que era el más fácil.

—Sí, si conoce usted a la presunta víctima. Pero ¿no se da cuenta, Hastings, de que no sé quién es?

—¿Qué?

Solté la exclamación sin reflexionar. Luego, comencé a ver las dificultades de la situación. Había, o tenía que haber, alguna relación entre aquellos crímenes, pero no sabíamos cuál era. Faltaba lo más importante: el motivo. Si no lo sabíamos, resultaba imposible deducir cuál era la persona amenazada.

Poirot asintió al ver reflejadas en mi rostro las dificultades de la situación.

—Ya lo ve, amigo mío, no es tan sencillo.

—Ya lo veo. ¿No ha sido capaz hasta ahora de encontrar alguna relación entre todos los casos?

—No —contestó Poirot, negando con la cabeza.

Volví a reflexionar. En los crímenes cometidos en aquel caso al que llamamos «el misterio de la guía de ferrocarriles», nos habíamos enfrentado a lo que parecía una serie alfabética, aunque después resultó ser algo por completo distinto.

—¿Está usted seguro de que no hay, aunque parezca descabellado, un motivo económico, nada que se parezca a lo que encontró en el caso de Evelyn Carlisle?

—No. Puede estar seguro, mi querido Hastings, de que el beneficio económico fue lo primero que investigué.

Seguro que lo había hecho. Poirot siempre había sido muy realista en cuestiones de dinero.

Volví a analizar el asunto. ¿Una venganza? Parecía cuadrar mejor con los hechos. Pero, incluso así, no se veía por ninguna parte una conexión. Recordé un relato que había leído sobre una serie de asesinatos sin ningún motivo aparente, y la pista fue que todas las víctimas habían sido miembros de un mismo jurado y los asesinatos los había cometido el hombre al que habían condenado. Pensé que en este caso podía suceder algo parecido. Me avergüenza decirlo, pero me lo callé. Pensaba apuntarme un tanto si podía ofrecerle la solución en bandeja. Por lo tanto, le pregunté:

—Dígame, ¿quién es X?

Para mi gran contrariedad, Poirot negó con la cabeza con mucha decisión.

—Eso, amigo mío, no se lo diré.

—Tonterías, ¿por qué no?

—Porque sigue usted siendo el mismo Hastings de siempre, *mon cher* —me contestó con una expresión risueña—. Tiene usted todavía una cara que habla por sí sola. No quiero que usted se siente y se quede contemplando a X con la boca abierta y los ojos desorbitados, con una expresión que proclamaría a los cuatro vientos: «¡Estoy mirando a un asesino!».

—Tiene que admitir que soy capaz de disimular cuando es necesario.

—Cuando trata de disimular, todavía es peor. No, no, *mon ami*, debemos actuar en secreto. Cuando ataquemos, seremos implacables.

—No he visto persona más obstinada. Creo que...

Me interrumpí porque en aquel momento llamaron a la puerta. Poirot dijo: «Adelante», y entró mi hija Judith.

Les describiré a Judith, aunque nunca he sido muy bueno para las descripciones.

Judith es alta, siempre camina con la cabeza erguida, sus cejas oscuras son un trazo rectilíneo, y la línea de los pómulos y la barbilla es de una belleza austera. Siempre se muestra seria y un tanto despectiva, y en mi opinión hay en ella un elemento trágico. No se acercó para darme un beso; no es de esa clase. Se limitó a sonreír al tiempo que decía:

—Hola, papá.

Su sonrisa era tímida y un tanto avergonzada, pero, a pesar de su falta de expresividad, me pareció que estaba complacida de verme.

—Bien —dije, sintiéndome como un tonto, algo que me sucede bastante a menudo cuando trato con los jóvenes—. He llegado.

—Muy hábil de tu parte, querido —replicó Judith.

—Le he hablado de la comida —intervino Poirot.

—¿Tan mala es? —planteó Judith.

—No tendrías ni que preguntarlo, hija mía —respondió mi amigo—. ¿Es que solo piensas en tubos de ensayo y microscopios? Tienes un dedo manchado de azul de metileno. No sería nada bueno para un marido que no te preocuparas por su estómago.

—Nunca tendré un marido.

—Por supuesto que lo tendrás. ¿Para qué si no te creó el *bon Dieu*?

—Espero que para muchas otras cosas.

—En primer lugar *le mariage*.

—De acuerdo. Me buscarás un buen marido y yo cuidaré de su estómago con mucho esmero.

—Te burlas de mí —afirmó Poirot—. Algún día sabrás cuánta razón tenemos los ancianos.

Volvieron a llamar a la puerta. Esta vez se trataba del doctor Franklin. Era un hombre alto y delgado, de treinta y cinco años, con un mentón voluntarioso, pelo rojizo y ojos de un color azul brillante. Era la persona más desmañada del mundo y, en su abstracción, estaba siempre tropezando con algo.

Esta vez se llevó por delante un biombo y, volviendo la cabeza, murmuró automáticamente: «Usted perdone».

Me entraron ganas de reír, pero advertí que Judith seguía muy seria. Supongo que estaba habituada a estas cosas.

—¿Recuerda a mi padre? —le preguntó Judith.

El doctor Franklin se sobresaltó, me miró entornando los párpados y después me tendió la mano, diciendo con evidente nerviosismo:

—Por supuesto, por supuesto, ¿cómo está usted? Alguien me mencionó que vendría. —Se volvió hacia Judith—. ¿Cree necesario que nos cambiemos para la cena? Si no es necesario, podríamos ir después al laboratorio. Tengo preparados unos cuantos cultivos...

—No, esta noche no. Quiero hablar con mi padre.

—Oh, sí, por supuesto. —Esbozó una sonrisa infantil—. Lo siento. Estoy tan metido en lo mío... Es imperdonable por mi parte, no debería ser tan egoísta. Perdóneme.

Sonó el reloj y Franklin volvió a sobresaltarse.

—Dios mío, ¿ya es tan tarde? Tendré problemas. Le prometí a Barbara que le leería unas cuantas páginas antes de la cena.

Nos obsequió con una sonrisa y salió de forma apresurada, aunque al hacerlo chocó contra el marco de la puerta.

—¿Cómo está la señora Franklin? —pregunté.

—Igual o peor que antes —dijo Judith.

—Es muy triste que sea una inválida —comenté.

—Para un médico es una lata —manifestó Judith—. A los médicos les gusta la gente sana.

—Los jóvenes sois despiadados —exclamé.

—Solo manifestaba una realidad —replicó Judith en tono desabrido.

—Sin embargo —señaló Poirot—, el buen doctor corre para ir a leerle unas cuantas páginas.

—Es una estupidez —dijo Judith—. La enfermera podría hacerlo si necesita que le lean. Personalmente, detestaría que cualquiera leyera para mí en voz alta.

—Bueno, bueno, cada uno tiene sus gustos —afirmé.

—Es una mujer muy estúpida —insistió Judith.

—No estoy de acuerdo contigo, *mon enfant* —objetó Poirot.

—No le interesan nada más que las novelas cursis. No muestra ningún interés por el trabajo de su marido. No se mantiene al corriente del pensamiento moderno. Solo habla de su salud a todo aquel que está dispuesto a escucharla.

—Insisto en que ella emplea sus células grises de una manera, hija mía, que tú desconoces absolutamente —puntualizó Poirot.

—Es una mujer muy femenina —repuso Judith—. Muy aficionada a los mimos y los halagos. Supongo que es así como te gustan, tío Hércules.

—En absoluto —proclamé—. A tío Hércules le gustan grandes, espectaculares y rusas.

—¿De modo que traiciona mis secretos, Hastings? A tu padre, Judith, siempre le ha vuelto loco el pelo rojizo. Le ha metido en líos en más de una ocasión.

Judith nos sonrió con una expresión indulgente.

—Sois una pareja la mar de curiosa.

Mi hija se marchó y yo me levanté.

—Tengo que deshacer las maletas y ducharme antes de la cena.

Poirot apretó el timbre que tenía al alcance de la mano y, al cabo de un par de minutos, apareció su ayuda de cámara. Me sorprendí al ver que se trataba de un desconocido.

—¡Vaya! ¿Dónde está George?

George llevaba años al servicio de Poirot.

—George se ha reunido con su familia. Su padre está enfermo. Confío en que no tarde en regresar. Mientras tanto —le sonrió a su nuevo mayordomo—, Curtiss cuida de mí.

Curtiss sonrió con respeto. Era un hombre fornido, con una expresión un tanto estúpida.

Mientras me dirigía a la puerta, observé que Poirot cerraba con llave el maletín con los papeles.

Mi mente era un torbellino cuando crucé el pasillo para entrar en mi habitación.

Capítulo 4

Aquella noche bajé a cenar con la sensación de que la vida se había vuelto irreal.

Mientras me vestía, me había preguntado un par de veces si Poirot no se habría imaginado toda la historia. Después de todo, mi amigo era un hombre muy anciano y se encontraba muy mal de salud. Podía proclamar que su cerebro funcionaba tan bien como siempre, pero... ¿era cierto? Había dedicado toda su vida a la persecución del crimen. ¿Tenía algo de sorprendente que, ya cerca del final, se inventara crímenes donde no los había? La inactividad forzosa sin duda le mortificaba muchísimo. ¿Acaso no era lógico que se inventase una nueva caza del hombre para entretenerse? Una neurosis perfectamente razonable. Había seleccionado unas cuantas crónicas de sucesos y había leído en ellas algo que no estaba allí: una figura sombría que había movido los hilos, un maníaco asesino en serie. Lo normal era aceptar que la señora Etherington había matado a su marido, que el agricultor le había disparado a su esposa, que una muchacha le había dado a su vieja tía una sobredosis de morfina, que una esposa celosa había cumplido la amenaza de vengarse de su marido y que una loca solterona había cometido el crimen del que se había confesado culpable. ¡De hecho, estos crímenes eran justo lo que parecían!

Para luchar contra esta obviedad (sin duda, la que marcaba el sentido común), solo podía oponer mi fe ciega en la inteligencia de Poirot.

Había dicho que tendría lugar un asesinato. Una vez más, Styles sería el escenario de un crimen.

El tiempo demostraría si había acertado o no, pero, si era cierto, nos correspondía a nosotros evitar que sucediera.

Poirot conocía la identidad del criminal y no me lo había querido decir.

Cuantas más vueltas le daba, más crecía mi enfado. En realidad, Poirot tenía mucha cara. Reclamaba mi colaboración, pero al mismo tiempo se negaba a confiar en mí.

¿Por qué? Me había dado una razón: ¡una explicación francamente ridícula! Yo estaba harto de aquella absurda broma de que «mi cara me vendía». Podía guardar un secreto tan bien como cualquiera. Poirot siempre había insistido en la humillante convicción de que yo era muy transparente y que cualquiera podía ver lo que pasaba por mi cabeza. A veces intentaba suavizar el insulto atribuyéndolo a mi sinceridad innata, que aborrecía cualquier forma de engaño.

Por supuesto, me dije, si todo este asunto no era más que una quimera en la mente de Poirot, su reticencia no tenía nada de particular.

No había llegado a ninguna conclusión cuando llamaron para la cena, y bajé al comedor con la mente abierta, pero con un ojo alerta para descubrir al mítico X de Poirot.

Por el momento, aceptaría todo lo que Poirot había dicho como si fuera el evangelio. Bajo este techo había alguien que había matado cinco veces y que se preparaba para hacerlo de nuevo. ¿Quién era?

Nos reunimos en la sala antes de pasar al comedor, y allí me presentaron a la señorita Cole y al comandante Allerton. La señorita Cole era una mujer de unos treinta y tres o treinta y cuatro años, todavía de buen ver. Allerton me provocó un rechazo instintivo. Apuesto, de unos cuarenta y tantos, ancho de hombros y tez bronceada, tenía mucha labia y casi todo lo que decía estaba lleno de dobles sentidos. Sus ojeras indicaban una vida disipada. Sospeché que era un juerguista, aficionado al juego, a la bebida y, sobre todo, a las mujeres.

Me di cuenta de que al viejo coronel Luttrell tampoco le caía bien y Boyd Carrington le dispensaba un trato distante. Pero no había ninguna duda del éxito de Allerton con las mujeres de la casa. La señora Luttrell le reía todas las gracias mientras él la halagaba con una mal disimulada impertinencia. También me enfadó comprobar que Judith parecía disfrutar de su compañía y que se esforzaba más de lo habitual en seguirle la conversación. ¿Por qué los hombres más despreciables siempre son capaces de complacer e interesar a las mujeres más bonitas? Siempre ha sido un misterio para mí. Sabía instintivamente que Allerton era un gusano, y estoy seguro de que nueve de cada diez hombres habrían opinado lo mismo, mientras que nueve de cada diez mujeres se habrían vuelto locas por él en el acto.

Nos sentamos a la mesa y, mientras nos servían los platos llenos de un líquido viscoso blanco, observé a los demás comensales y empecé a analizar las posibilidades.

Si Poirot tenía razón y conservaba su extraordinaria lucidez mental, una de estas personas era un asesino peligroso y un loco de atar.

Poirot no lo había mencionado, pero había dejado entrever que X era un hombre. ¿Cuál de ellos podía ser?

Descarté al viejo coronel Luttrell, tan indeciso y debilucho. ¿Norton, el hombre que había salido corriendo de la casa con los prismáticos? Me pareció poco probable. Tenía todo el aspecto de ser un tipo agradable, inepto para casi todo y carente de vitalidad. Por supuesto, me dije, muchos asesinos habían sido tipos insignificantes que pretendían demostrar lo contrario a través del crimen. Estaban cansados de que les pasaran por delante y no les hicieran caso. Norton podía ser un asesino de esa clase. Pero estaba su amor por los pájaros. Siempre he creído que el amor a la naturaleza es una señal de mente sana.

¿Boyd Carrington? Imposible. Un hombre conocido en todo el mundo. Un deportista, un excelente administrador, una persona que era un ejemplo para todos. También descarté a Franklin. No podía olvidar el respeto y la admiración que le profesaba Judith.

Solo quedaba el comandante Allerton. Le observé con atención. ¡Un tipo en verdad repugnante! Uno de esos que son capaces de desollar viva a su abuela mientras hacen gala de su vulgar superficialidad. Ahora estaba contando una historia que le dejaba mal parado, pero que todos celebraban con muchas risas.

Decidí que si Allerton era X, había cometido los crímenes para conseguir un beneficio económico.

Era cierto que Poirot no había especificado con claridad que se tratara de un hombre. Pensé en la señorita Cole. Sus movimientos eran inquietos y bruscos, obviamente era una mujer nerviosa. Guapa, pero con un aire angustiado. En cualquier caso, parecía una persona normal. Ella, la señora Luttrell y Judith eran las únicas mujeres presentes. La señora Franklin cenaba en su habitación, y la enfermera que la atendía lo solía hacer cuando acabábamos los huéspedes.

Después de cenar, me entretuve contemplando el jardín a través del ventanal del salón mientras recordaba el momento en que había visto a Cynthia Murdoch, aquella adorable joven de pelo cobrizo, corriendo a través del césped. ¡Qué encantadora se la veía vestida con su traje blanco!

Perdido en mis recuerdos, me sobresalté cuando Judith me cogió de un brazo y me hizo salir a la terraza.

—¿Qué pasa? —me preguntó con brusquedad.

La miré sorprendido.

—¿Qué pasa? ¿A qué te refieres?

—Te has comportado de una manera muy extraña durante la cena. ¿Por qué mirabas a todos como si los estuvieras juzgando?

Me enfadé. No tenía ni idea de que había permitido que mis pensamientos fueran tan evidentes.

—¿Lo he hecho? Supongo que estaba pensando en el pasado. Quizá veía fantasmas.

—Ah, sí, por supuesto. Estuviste aquí en tu juventud, ¿no es así? Asesinaron a una vieja, ¿verdad?

—La envenenaron con estricnina.

—¿Cómo era? ¿Una mujer agradable o una arpía?

Consideré la pregunta.

—Era una mujer muy bondadosa —respondí lentamente—. Generosa. Hacía muchas obras de caridad.

—Ah, esa clase de generosidad.

La voz de Judith tenía un tono un tanto despectivo. Después me formuló una pregunta curiosa.

—¿Eran felices los que vivían aquí?

No, no habían sido felices. Eso sí que lo sabía.

—No.

—¿Por qué no?

—Se sentían como si fueran presos. Verás, la señora Inglethorp tenía todo el dinero y lo daba con cuentagotas. Sus hijastros no podían gozar de una vida independiente.

Oí la brusca inspiración de Judith. Su mano me apretó el brazo.

—Eso es algo perverso, muy perverso. Un abuso de poder. Nadie tendría que tolerarlo. Nadie debería permitir que los viejos y los enfermos tengan el control sobre las vidas de los más jóvenes y fuertes, que los tengan atados, y que se desperdicie un poder y una energía que podría ser utilizada, que es necesaria. Eso es puro egoísmo.

—Los viejos no tienen el monopolio de esa cualidad —repliqué en tono seco.

—Oh, lo sé, papá. Tú crees que los jóvenes son egoístas. Quizá lo somos, pero el nuestro es un egoísmo sano. Hacemos lo que deseamos y lo hacemos nosotros; no queremos que todos los demás hagan lo que queremos, no deseamos convertir en esclavos a los demás.

—No, solo los pisoteáis si se interponen en vuestro camino.

—¡No seas tan injusto! —dijo Judith, apretándome el brazo—. Nunca he pisoteado a nadie, y tú nunca intentaste dictarnos cómo debíamos vivir nuestras vidas. Te estamos muy agradecidos.

—Mucho me temo —respondí con toda sinceridad— que yo hubiese preferido hacerlo. Fue tu madre la que insistió en que debíamos dejar que cometierais vuestros propios errores.

Judith volvió a apretarme el brazo.

—Lo sé. ¡Nos hubieras protegido como una gallina a sus polluelos! Odio que me protejan. No lo soporto. Pero ¿estás de acuerdo conmigo en que las personas útiles no deben ser sacrificadas por las inútiles?

—Ocurre algunas veces —admití—, pero no es necesario adoptar medidas drásticas. Es decisión de cada uno marcharse si no le gusta.

—Sí, pero ¿es verdad? ¿Lo es?

Su tono era tan apasionado que la miré un tanto asombrado. Estaba demasiado oscuro y no le veía el rostro con claridad. Añadió en voz baja y preocupada:

—Todo es tan difícil... Las consideraciones financieras, el sentido de la responsabilidad, la reticencia a herir a alguien a quien quieres, todas esas cosas, y algunas personas carecen de escrúpulos, saben cómo jugar con todos esos sentimientos. ¡Algunas personas son como las sanguijuelas!

—¡Mi querida Judith! —exclamé, sorprendido por la furia de su voz.

Mi hija pareció darse cuenta de su excesiva vehemencia, porque se echó a reír al tiempo que me soltaba el brazo.

—¿Te he dado la impresión de ser demasiado apasionada? Es un tema que me solivianta. Verás, conocí un caso: la de un viejo inhumano. Cuando su hija tuvo la valentía de acabar con él y liberar así a las personas que ella amaba, la llamaron loca. ¿Loca? ¡Fue la cosa más cuerda y más valerosa que cualquiera podía hacer!

Me asaltó una premonición terrible. ¿Dónde había oído, no hacía mucho, algo parecido?

—Judith —pregunté bruscamente—, ¿de qué caso me hablas?

—Nadie que tú conozcas. Unos amigos de los Franklin. Un viejo llamado Litchfield. Era muy rico y casi mataba de hambre a sus pobres hijas, nunca les permitía ver a nadie o salir. Estaba loco, pero no lo bastante, según los médicos.

—Lo asesinó la hija mayor.

—Ah, supongo que lo leíste en el periódico. Tú puedes decir que fue un asesinato, pero no se cometió por motivos personales. Margaret Litchfield no vaciló en ir a la policía y confesar que ella era la autora. Creo que fue muy valiente. Yo no habría tenido tanto coraje.

—¿El coraje para entregarse o para cometer el asesinato?

—Ambos.

—Me alegra saberlo —afirmé en tono severo—, y no me gusta oírte decir que el asesinato está justificado en algunos casos. ¿Qué opinó el doctor Franklin?

—Consideró que se lo tenía merecido. ¿Sabes, papá?, hay algunas personas que están pidiendo que las maten.

—No digas esas cosas, Judith. ¿Quién te ha metido esas ideas en la cabeza?

—Nadie.

—Entonces permíteme que te diga que son tonterías perniciosas.

—De acuerdo. Lo dejaremos así. Por cierto, vine a buscarte porque te traigo un recado de la señora Franklin. Si no te importa subir a su dormitorio, le gustaría verte.

—Iré encantado. Lamento mucho que su enfermedad no le permita bajar a cenar.

—Está perfectamente —afirmó Judith—. Le gusta esta comedia. Los jóvenes no tienen compasión.

Capítulo 5

Solo había visto a la señora Franklin en una ocasión. Era una mujer de unos treinta años, con aspecto de ser madona. Grandes ojos castaños, el pelo peinado con la raya en medio, el rostro alargado, el cuerpo muy delgado y la piel de una fragilidad transparente.

Descansaba en un sofá, apoyada en un montón de cojines, y vestía una bata blanca y azul muy elegante.

Franklin y Boyd Carrington le hacían compañía mientras tomaban el café. La señora Franklin me dio la bienvenida con una sonrisa y la mano tendida.

—Cuánto me alegro de verlo aquí, capitán Hastings. Será tan agradable para Judith... Esa niña trabaja demasiado.

—Le gusta y se nota —respondí, tomando su mano pequeña y delicada entre las mías.

—Sí, tiene suerte —dijo Barbara Franklin. Exhaló un suspiro—. Cómo la envidio. No creo que ella sepa de verdad lo que es tener una salud precaria. ¿Qué opina usted, enfermera? ¡Oh! Permítame que se la presente. Esta es la enfermera Craven, que es terriblemente buena conmigo. No sé qué haría sin ella. Me trata como a un bebé.

La enfermera Craven era una joven pelirroja, alta y atractiva con una tez bonita. Me fijé en que sus manos eran largas y blancas, muy diferentes de las manos de tantas enfermeras. En algunos aspectos era una joven taciturna que algunas veces no contestaba. Tampoco lo hizo en esta ocasión y se limitó a inclinar la cabeza.

—Pero la verdad —prosiguió la señora Franklin— es que John explota a esa pobre hija suya. Es un negrero. Eres un negrero, ¿verdad, John?

Su marido estaba mirando a través de la ventana. Silbaba una tonadilla y marcaba el ritmo haciendo sonar la calderilla que llevaba en el bolsillo. Dio un leve respingo cuando oyó la pregunta de su esposa.

—¿Qué decías, Barbara?

—Decía que es una vergüenza cómo explotas a la pobre Judith Hastings. Ahora que el capitán Hastings está aquí, uniremos nuestras fuerzas y no te lo vamos a permitir.

La charla intrascendente no era el fuerte del doctor Franklin. En su rostro apareció una expresión un tanto preocupada y se volvió hacia Judith.

—Debe usted decírmelo si considera que le exijo demasiado.

—Solo intentan hacerse los graciosos —le explicó Judith—. Por cierto, ya que ha salido el tema del trabajo, quería preguntarle por aquella mancha en la segunda plaqueta...

—Sí, sí —la interrumpió Franklin ansioso—. Si no le importa, vayamos al laboratorio. Me gustaría estar seguro de...

Salieron de la habitación sin parar de charlar.

Barbara Franklin se acomodó en los cojines. Suspiró. Para sorpresa de todos, la enfermera Craven hizo un comentario bastante desagradable.

—¡Yo diría que la negrera es la señorita Hastings!

La señora Franklin exhaló otro suspiro.

—Me siento tan mal... —murmuró—. Tendría que interesarme más por el trabajo de John, pero sencillamente no puedo hacerlo. Creo que me pasa algo que...

La interrumpió el sonoro resoplido de Boyd Carrington, que se encontraba junto a la chimenea.

—Tonterías, Babs. Estás muy bien. No te preocupes.

—Pero, Bill, querido, me preocupo. Me siento tan impotente... Me resulta todo tan repugnante... Los conejillos de Indias, los ratones y todo lo demás. —Se estremeció—. Sé que es estúpido, soy tan tonta... Me produce un profundo asco. Solo quiero pensar en todas esas cosas bonitas y adorables: pájaros, flores, niños jugando...Tú lo sabes, Bill.

Sir William se acercó y le cogió la mano que ella le tendía con una expresión suplicante. El rostro de Boyd Carrington se transformó, adoptando una expresión tan dulce como el de una mujer. Me impresionó mucho porque el exgobernador era un tipo muy masculino.

—No has cambiado nada desde que tenías diecisiete años, Babs. ¿Recuerdas el templete, la fuente de los pájaros y los cocoteros? —Me miró—. Barbara y yo somos viejos compañeros de juegos.

—¡Viejos compañeros! —protestó la mujer.

—No niego que tienes quince años menos que yo. Pero jugaba contigo cuando eras una niña pequeña y yo un muchacho. Años después, cuando regresé a casa, te encontré convertida en una joven bellísima a punto de ser presentada en sociedad. Me ocupé de llevarte al club y enseñarte a jugar al golf. ¿Lo recuerdas?

—Oh, Bill, ¿cómo podría olvidarlo? Mi familia vivía por aquí —me explicó la señora Franklin—. Bill venía a pasar temporadas con su viejo tío, sir Everard, en Knatton.

—Su casa era y sigue siendo un auténtico mausoleo —afirmó Boyd Carrington—. Algunas veces me desespero intentando convertirla en un lugar habitable.

—Tú conseguirás convertirla en una casa maravillosa, Bill.

—No lo niego, Babs, pero el problema es que no tengo ideas. Soy incapaz de ir más allá de los baños y unos cuantos sillones cómodos. Necesito la ayuda de una mujer.

—Te prometí que te echaría una mano, y lo dije de verdad.

Sir William miró a la enfermera Craven con una expresión de duda.

—Si estás lo bastante fuerte, vendré a buscarte con el coche. ¿Qué opina usted, enfermera?

—Creo que a la señora Franklin le vendría muy bien salir, sir William, siempre y cuando tenga la precaución de no cansarse demasiado, por supuesto.

—Entonces, tenemos una cita —dijo Boyd Carrington—. Ahora duerme. Prepárate para mañana.

Nos despedimos de la señora Franklin y salimos juntos. Mientras bajábamos la escalera, Boyd Carrington me comentó con voz áspera:

—No tiene usted ni idea de lo preciosa que era cuando tenía diecisiete años. Yo acababa de regresar de Birmania, mi esposa murió allí. No me importa decirle que me enamoré con locura. Se casó con Franklin tres o cuatro años más tarde. No creo que sea un matrimonio feliz. Tengo la convicción de que eso es lo que hay en el fondo de su precaria salud. El tipo no la comprende ni la aprecia. Ella es muy sensible. Me parece que su enfermedad es en gran parte debida a los nervios. Sáquela a pasear, distráigala, consiga que se interese en algo, y verá cómo se convierte en una persona diferente. Pero ese condenado matasanos solo se apasiona por los tubos de ensayo, los nativos africanos y sus culturas. —Resopló indignado.

Me dije que quizá había algo de razón en sus palabras. No obstante, me sorprendió el interés que Boyd Carrington demostraba por la señora Franklin, quien, sin ninguna duda, era una criatura enfermiza, aunque atractiva en su fragilidad. Pero Boyd Carrington estaba tan lleno de vitalidad que hubiera jurado que se habría mostrado impaciente con una inválida neurótica. Sin embargo, Barbara Franklin había sido una muchacha adorable y, como ocurre con muchos hombres, sobre todo con los idealistas como Boyd Carrington, las primeras impresiones son las que quedan.

La señora Luttrell nos abordó en cuanto aparecimos en el vestíbulo para invitarnos a jugar una partida de bridge. Me excusé diciendo que quería ver a Poirot.

Encontré a mi amigo en la cama. Curtiss estaba ordenando la habitación, pero, en cuanto acabó, nos dejó solos.

—Maldito sea, Poirot. Usted y su condenada costumbre de guardarse los ases en la manga. Me he pasado toda la velada intentando descubrir a X.

—Eso sin duda ha hecho que se mostrara un tanto *distrait*. ¿Alguien se dio cuenta de que estaba ausente y le preguntó cuál era la causa?

Me sonrojé al recordar las preguntas de Judith. Creo que Poirot advirtió mi incomodidad, porque vi aparecer en su rostro una sonrisa maliciosa. No obstante, se limitó a decir:

—¿A qué conclusión ha llegado?

—¿Me dirá si estoy en lo cierto?

—Por supuesto que no.

—Me dije que quizá Norton...

El rostro de Poirot permaneció impasible.

—No es que tenga nada concreto. Solo me pareció que es el menos probable de todos ellos. Además, es una persona discreta. Yo diría que el tipo de asesino que buscamos tiene que ser alguien nada conspicuo.

—Muy cierto, pero hay muchas más maneras de ser discreto de las que usted cree.

—¿A qué se refiere?

—Por poner un caso hipotético, todos se darían cuenta si por aquí apareciera un forastero siniestro unas semanas antes del asesinato y sin ningún motivo aparente. Sería mucho mejor, creo yo, si el forastero fuera una persona corriente, aficionada a algún deporte inofensivo como la pesca.

—O a la observación de los pájaros —añadí—. Eso es precisamente lo que le estaba diciendo.

—Por otro lado, sería mucho mejor todavía si el asesino fuese una personalidad prominente, digamos, el carnicero. Eso tendría la ventaja añadida de que nadie se sorprendería si viera manchas de sangre en las prendas de un carnicero.

—Eso es ridículo —afirmé—. Todo el mundo sabría que el carnicero había reñido con el panadero.

—No si el carnicero solo hubiera adoptado el oficio para tener la oportunidad de asesinar al panadero. Siempre hay que mirar un paso más allá, amigo mío.

Lo observé con atención, intentando averiguar si sus palabras encerraban alguna pista. Si significaban algo definitivo, entonces señalaban hacia el coronel Luttrell. ¿Había abierto una casa de huéspedes con la única intención de asesinar a uno de los clientes?

Poirot meneó la cabeza suavemente.

—No es en mi rostro donde encontrará la respuesta.

—La verdad es que puede usted sacar de sus casillas al más pintado, Poirot —manifesté resignado—. En cualquier caso, Norton no es mi único sospechoso. ¿Qué me dice de ese tipo, Allerton?

—¿No le cae bien? —replicó mi amigo sin inmutarse.

—En absoluto.

—Ah. Es lo que usted llamaría un sinvergüenza. ¿Me equivoco?

—No. ¿No comparte mi opinión?

—Desde luego que sí. Es un hombre muy atractivo para las mujeres —señaló Poirot con voz pausada.

Solté una exclamación despectiva.

—¡No entiendo cómo las mujeres pueden ser tan tontas! ¿Qué le ven a ese tipo?

—¿Quién sabe? Pero siempre es así. Las mujeres siempre se sienten atraídas por el *mauvais sujet*.

—¿Por qué?

Mi amigo se encogió de hombros.

—Quizá ven algo que nosotros no vemos.

—¿Qué será?

—Tal vez el peligro. Todo el mundo, amigo mío, reclama una pizca de peligro en sus vidas. Algunos lo consiguen por la vía indirecta, como en las corridas de toros. Hay a quienes les gusta buscarlo en la lectura o en el cine. Pero estoy convencido de una cosa: el exceso de seguridad es aborrecible para la naturaleza humana. Los hombres buscan el peligro de muchas maneras. En cambio, las mujeres se ven limitadas a buscarlo sobre todo en los asuntos amorosos. Es por eso, quizá, por lo que les complace husmear al tigre, pensar en las garras, en el salto a traición. No se fijan en él como en un excelente y bondadoso marido.

Escuché esta opinión sin mucho entusiasmo y después volví al tema que nos ocupaba.

—¿Sabe una cosa, Poirot? La verdad es que no me costará mucho descubrir quién es X. Solo tengo que averiguar con discreción quién conocía a todas aquellas personas. Me refiero a las implicadas en los cinco casos.

Lo dije en tono triunfal, pero Poirot se limitó a mirarme con desprecio.

—No he reclamado su presencia aquí, Hastings, para ver cómo recorre, torpe y laboriosamente, el camino que yo ya he pisado, y permítame decirle que no es tan sencillo como cree. Cuatro de los casos tuvieron lugar en esta región. Las personas reunidas en esta casa no son unos extraños que se presentaron aquí por casualidad. Esto no es un hotel en el sentido habitual de la palabra. Los Luttrell son de aquí; tenían apuros económicos y compraron esta casa para montar un negocio. Las personas que se alojan aquí son sus amigos, o amigos recomendados por sus amigos. Sir William convenció a los Franklin para que vinieran. Ellos a su vez se lo sugirieron a Norton y creo que también a la señorita Cole, y así sucesivamente. Esto equivale a decir que, con toda probabilidad, cualquiera de estas personas es conocida de todas las demás. Por otra parte, no hay nada que le impida a X responder con una mentira. Tomemos el caso de Riggs, el agricultor. El pueblo donde ocurrió la tragedia no está lejos de la casa del tío de Boyd Carrington. La familia de la señora Franklin también vive por aquí. Muchos turistas frecuentan el hostal del pueblo. Algunos de los amigos de su familia eran clientes habituales. Incluso el doctor Franklin se alojó allí en más de una ocasión, y no descarto que Norton y la señorita Cole también lo hicieran. No, no, amigo mío, le ruego que evite sus torpes intentos de descubrir el secreto que me he negado a contarle.

—Me parece una condenada tontería, como si yo no fuera capaz de guardar un secreto. Le diré una cosa, Poirot, estoy cansado de sus bromas sobre eso de que soy transparente. No me parece divertido.

—¿Está usted seguro de que esa es la única razón? —replicó Poirot en voz baja—. ¿No se da cuenta, amigo mío, de que ese conocimiento puede ser peligroso? ¿No comprende que lo que hago es preocuparme por su seguridad?

Lo miré boquiabierto. Hasta ese instante, no había considerado ese aspecto del asunto. Pero, desde luego, era muy cierto. Si un asesino inteligente y con muchos recursos, alguien que ya había cometido cinco asesinatos sin que nadie sospechara de su persona, descubría que alguien le seguía la pista, el peligro para el perseguidor resultaba evidente.

—También usted está en peligro, Poirot —afirmé con viveza.

Poirot, a pesar de su evidente incapacidad física, hizo un gesto de supremo desdén.

—Estoy acostumbrado; puedo protegerme a mí mismo. Además, ¿no tengo aquí a mi más fiel perro guardián para defenderme? ¡Mi querido y leal Hastings!

Capítulo 6

Se suponía que Poirot debía retirarse temprano. Por lo
tanto, me marché para dejarle dormir. Mientras bajaba
la escalera me crucé con Curtiss y me detuve un momento para intercambiar unas palabras con el ayuda de
cámara.

Era un hombre poco expresivo y algo corto de entende-
deras, pero competente y digno de toda confianza. Llevaba
con Poirot desde que mi amigo había regresado de Egipto.
La salud de su patrón, me dijo, era aceptable, aunque de
vez en cuando el corazón le daba algún susto, sobre todo
en los últimos meses. La máquina se averiaba poco a poco.

En conjunto, pensé que Poirot había disfrutado de
una vida saludable y placentera. No obstante, mi corazón sufría por un viejo amigo que luchaba tan gallarda-
mente, aun a sabiendas de que tenía perdida la batalla.
Incluso ahora, a pesar de la incapacidad física, su espíri-
tu indomable le empujaba a seguir desempeñando el
oficio que dominaba a la perfección.

Acabé de bajar la escalera, sin dejar de reflexionar en
lo triste que sería la vida sin Poirot.

En la sala habían acabado una de las partidas de bridge y me invitaron a participar en la siguiente. Pensé que podría ser una distracción y acepté. Me senté a jugar con Norton, el coronel y la señora Luttrell.

—¿Qué opina usted, señor Norton? —preguntó la señora Luttrell—. ¿Jugamos contra estos dos? Nos ha ido muy bien formando pareja.

Norton sonrió con amabilidad, pero murmuró que quizá lo mejor sería cambiar.

La señora Luttrell asintió, pero me pareció que no le había hecho mucha gracia.

Norton y yo nos enfrentamos a los Luttrell. El enfado de la mujer era evidente. Se mordía el labio inferior y su encanto desapareció sin dejar rastro, lo mismo que el falso deje irlandés.

No tardé en descubrir la razón. Más adelante volvería a jugar varias veces con el coronel Luttrell y descubriría que no era tan mal jugador. Era lo que yo describiría como un jugador moderado, pero un tanto olvidadizo. De vez en cuando, su falta de memoria le llevaba a cometer algún error muy grave, pero jugando con su esposa cometía un error tras otro. Resultaba obvio que ella lo ponía nervioso, y eso le hacía jugar mucho peor de lo que en él era habitual. En cambio, la señora Luttrell era una experta, aunque resultaba desagradable jugar con ella. Aprovechaba hasta la más mínima ventaja, olvidaba las reglas si el adversario las desconocía y las aplicaba de inmediato cuando la beneficiaban. También tenía la pésima costumbre de espiar de reojo la mano de su oponente. En otras palabras, jugaba para ganar.

Tampoco tardé en comprender lo que había querido decir Poirot con «avinagrada». En el juego perdía el control, y criticaba implacable todos los errores que cometía su pobre marido. Resultaba muy violento para los demás y di gracias a Dios cuando se acabó la partida.

Norton y yo rehusamos seguir jugando con la excusa de que era muy tarde.

Mientras nos retirábamos, Norton expresó sus sentimientos sin el menor recato.

—Creo, Hastings, que no ha podido ser más desagradable. Me pone frenético ver cómo maltratan a ese pobre viejo, y más todavía ver cómo él se somete. Pobre tipo. Nadie creería que fue un rudo coronel en la India.

—¡Chis! —le advertí, porque Norton había alzado la voz sin darse cuenta y temí que el viejo coronel Luttrell pudiera oírlo.

—Es lamentable —añadió Norton.

—No lo criticaría si algún día se le ocurre ir y cargársela —afirmé.

—No lo hará. —Norton negó con la cabeza—. Está bien domado. Continuará diciendo: «Sí, querida; no, querida; lo siento, querida», se tirará del bigote y seguirá obedeciendo como un cordero hasta que lo metan en el ataúd. No podría hacerse valer ni aunque lo intentara.

Meneé la cabeza apenado, porque mucho me temía que Norton estaba en lo cierto.

Nos detuvimos en el vestíbulo y advertí que la puerta lateral que comunicaba con el jardín estaba abierta y se colaba el aire.

—¿Cree que deberíamos cerrarla? —pregunté.

—Bueno..., me parece que todavía no han vuelto todos —respondió tras un momento de vacilación.

Una súbita sospecha apareció en mi cabeza.

—¿Quién está afuera?

—Creo que su hija... y Allerton.

Intentó darle a su voz un tono despreocupado, pero la información, sumada a lo que había hablado con Poirot, me produjo una gran inquietud.

Judith y Allerton. No era posible que mi Judith, tan inteligente y sensata, se sintiera atraída por un tipejo como aquel. Sin duda, habría adivinado de qué pie cojeaba nada más verlo.

Me repetí las mismas reflexiones mientras me cambiaba, pero la inquietud no desapareció. Me resultaba imposible conciliar el sueño y no hacía otra cosa que dar vueltas en la cama.

Como ocurre siempre con las preocupaciones nocturnas, todo se distorsiona y se exagera. Me dominó una fuerte sensación de pérdida y desconsuelo. ¡Si mi querida esposa aún viviera...! Había confiado en su sensatez durante muchos años. Ella era quien mejor comprendía a nuestros hijos y quien sabía cómo tratarlos.

Sin ella, me sentía impotente. Mía era la responsabilidad de cuidarlos y asegurarme de que fueran felices. ¿Estaría a la altura de la tarea? Yo no era un hombre muy inteligente. Me equivocaba, cometía errores. Si Judith estuviera poniendo en juego su felicidad, si eso fuera a hacerla sufrir...

Encendí la luz y me senté en la cama. No podía seguir así. Necesitaba dormir. Fui hasta el lavabo y miré sin mucha confianza la caja de aspirinas.

No, necesitaba algo más fuerte que una aspirina. Me dije que Poirot seguramente tendría algún somnífero. Crucé el pasillo, pero me contuve en el momento en que iba a llamar a su puerta. No era justo perturbar el descanso de mi viejo amigo.

Mientras vacilaba, oí unas pisadas y me volví. Allerton avanzaba por el pasillo en mi dirección. La luz era escasa y, como no lo reconocí hasta un par de segundos más tarde, me pregunté quién sería. Entonces lo vi y me puse tenso. Porque Allerton sonreía y eso no me hizo ninguna gracia.

Advirtió mi presencia y arqueó las cejas.

—Hola, Hastings, ¿todavía levantado?

—No podía dormir.

—¿Eso es todo? Se lo soluciono en un momento. Venga conmigo.

Lo acompañé hasta su habitación, que era la siguiente a la mía. Una extraña fascinación me impulsaba a observarlo desde lo más cerca posible.

—Veo que trasnocha —comenté.

—Nunca me ha gustado irme a la cama temprano. No cuando hay cosas más interesantes. No hay que desperdiciar una noche agradable como esta.

Se rio y eso no me gustó.

Lo seguí hasta el baño. Abrió el botiquín y sacó un frasco de pastillas.

—Aquí tiene. Esto es fantástico. Dormirá como un tronco y, además, tendrá unos sueños la mar de agradables. No hay nada mejor que el Slumberyl.

Su entusiasmo me sorprendió un poco. ¿Es que acaso también consumía drogas?

—¿No es peligroso? —pregunté con desconfianza.

—Lo sería si se pasara de la dosis. Es un barbitúrico y la dosis tóxica está muy cerca de la correcta. —Sonrió, y las comisuras de sus labios se torcieron hacia arriba de una manera muy desagradable.

—No creía que estas cosas se pudieran conseguir sin una receta médica.

—No se puede, amigo. No se la venderán en ninguna farmacia, pero siempre hay algún medio.

Supongo que fue una tontería de mi parte, pero de vez en cuando me dejo llevar por mis impulsos.

—Creo que usted conocía a Etherington, ¿verdad?

Comprendí en el acto que había tocado un punto sensible. En su mirada apareció una expresión de alerta.

—Oh, sí, conocía a Etherington. Pobre tipo —respondió con tono de despreocupación fingida. Luego, al ver que no le hacía ningún comentario, añadió—: Etherington tomaba drogas, por supuesto, y un día se pasó de la raya. Hay que saber cuándo parar. Un mal asunto. Su esposa tuvo mucha suerte. Si no le hubiese caído en gracia al jurado, habría terminado en el patíbulo.

Abrió el frasco y me dio un par de pastillas.

—¿Usted también conocía a Etherington?

Le contesté con la verdad.

—No.

Por un momento pareció que no sabía cómo seguir. Después soltó una carcajada.

—Un tipo divertido. No era lo que se dice un santo, pero tampoco era tan malo.

Le di las gracias por las pastillas y regresé a mi habitación.

Mientras me acostaba y apagaba la luz, me pregunté si no me habría comportado como un imbécil.

Porque estaba casi seguro de que Allerton era X y yo había dejado entrever que lo sabía.

Capítulo 7

1

Mi narración de los días pasados en Styles es, por
fuerza, un tanto dispersa. Tal como los recuerdos se me
presentan, son una sucesión de conversaciones, palabras
y frases sugerentes que se fijaron en mi memoria.

En primer lugar y muy al principio, me di cuenta de
lo enfermo e indefenso que estaba Hércules Poirot. Creía,
tal como había dicho, que su cerebro funcionaba perfectamente con la misma agudeza de antaño, pero la envol-
tura física estaba tan maltrecha que comprendí de inmediato que mi participación tendría que ser mucho más
activa de lo habitual: tenía que ser sus ojos y sus oídos.

Era muy cierto que, si hacía buen tiempo, Curtiss cogía a su patrón en brazos y lo bajaba por la escalera con
mucho cuidado hasta la silla de ruedas que le esperaba
en el vestíbulo. Luego, llevaba a Poirot al jardín y esco-
gía un lugar libre de corrientes de aire. En los días en
que el tiempo no permitía las salidas, permanecía en la
sala.

Poirot ya podía estar en el jardín o en la sala, que no pasaba mucho tiempo antes de que apareciera alguien dispuesto a charlar, pero no era lo mismo que escoger un compañero para un *tête-à-tête*. Ya no podía decidir quién era la persona que deseaba como interlocutor.

Al día siguiente de mi llegada, Franklin me llevó al viejo estudio en el jardín que había sido equipado para hacer las veces de laboratorio.

Permítanme decir aquí y ahora que carezco de conocimientos científicos. Es probable que, en mi descripción del trabajo del doctor Franklin, emplee términos erróneos y provoque el desdén de aquellos que conocen la materia.

Hasta donde entendí, Franklin experimentaba con diversos alcaloides extraídos del haba de Calabar: fisostigmina venenosa. Comprendí algo más después de una conversación que tuvo lugar otro día entre Franklin y Poirot. Judith, que intentaba instruirme, participó, como es costumbre entre los jóvenes entusiasmados con su trabajo, con un lenguaje absolutamente técnico. Habló con conocimiento de alcaloides como la fisostigmina, la eserina, la fisoveína y la geneserina, para después mencionar un nombre rarísimo: la prostigmina o el éter dimetil-carbónico del trimetilo de lammonio y muchas cosas más que parecían ser todas las mismas, pero conseguidas por otras vías. En cualquier caso, a mí me sonó a chino, y provoqué el hartazgo de Judith al preguntarle qué bien podría reportarle todo aquello a la humanidad. No hay pregunta que enfade más a un científico de verdad. Judith me dirigió una mirada despectiva y se embarcó en otra larga y erudita explicación. De todo lo que dijo, saqué en claro que los miembros de unas casi desconocidas tribus africanas habían mostrado una notable inmunidad a los embates de una enfermedad muy rara, pero letal, llamada, si mal no recuerdo, «jordanitis» en honor de un tal doctor Jordan, que había sido su descubridor. Se trataba de una enfermedad tropical que, en un par de ocasiones, habían contraído personas de raza blanca, con resultados mortales.

Me arriesgué a provocar las iras de Judith cuando sugerí que sería mucho más sensato descubrir algún medicamento que sirviera para eliminar los efectos secundarios del sarampión.

Judith me dejó bien claro, en un tono en que se mezclaban la compasión y el desprecio, que la única meta digna no era el beneficio de la raza humana, sino aumentar el conocimiento humano.

Miré unos cuantos microbios a través del microscopio, eché una ojeada a un montón de fotografías de nativos africanos (¡algo muy entretenido!), crucé una mirada con un ratón adormilado en una jaula y salí corriendo en busca de aire fresco.

Como he dicho, la conversación de Franklin con Poirot alimentó mi interés.

—Verá, Poirot —dijo—, esa sustancia entra más en su terreno que en el mío. Esta semilla se emplea como en una ordalía o juicio de Dios; se supone que sirve para demostrar la inocencia o la culpabilidad del acusado. Estas tribus lo creen a pie juntillas, o por lo menos lo creían, porque cada día se ven más afectadas por la civilización. Hasta ahora, la masticaban plenamente convencidos de que los mataría si eran culpables y no les haría ningún daño si eran inocentes.

—O sea, ¿que mueren?

—No, no todos mueren. Eso es lo que se había pasado por alto hasta ahora. Hay mucho más detrás de todo este asunto, entre otras cosas las supercherías del brujo de la tribu. Hay dos variedades de semillas, solo que son tan parecidas que es muy difícil distinguirlas, pero existe una diferencia. Ambas contienen fisostigmina, geneserina y todo lo demás, pero en la segunda variedad se puede aislar, o al menos eso creo, otro alcaloide, y es la acción de este el factor que neutraliza el efecto de los otros. Además, la segunda variedad la consume de forma habitual un grupo de iniciados en un ritual secreto, y estas personas no contraen la jordanitis. El tercer alcaloide tiene un efecto notable sobre el sistema muscular, pero no provoca efectos nocivos. Es rematadamente interesante. La única pega es que el alcaloide en estado puro es muy inestable. Así y todo, voy consiguiendo resultados. Pero lo que aquí haría falta es mucha más investigación sobre el terreno. ¡Es un trabajo que es indispensable que se haga! Sí, vendería mi alma por... —Se interrumpió con brusquedad. La sonrisa volvió a su rostro—. Perdone el discurso. ¡Me entusiasmo demasiado con estas cosas!

—Como usted dice —manifestó Poirot en tono plácido—, mi profesión sería mucho más sencilla si pudiera probar que alguien es inocente o culpable con la misma facilidad. ¡Ah, si hubiera una sustancia que hiciera lo mismo que el haba de Calabar!

—¿Qué más da? —replicó Franklin—. No creo que eso resolviera sus problemas. Después de todo, ¿qué es la culpabilidad o la inocencia?

—Creo que no hay ninguna duda en ese aspecto —comenté.

—¿Qué es el mal? —me preguntó—. ¿Qué es el bien?

Las opiniones varían de un siglo a otro. Lo único que estaría intentando probar sería la existencia de un sentimiento de culpabilidad o de inocencia. De hecho, es algo que no se puede demostrar.

—No sé cómo ha llegado a esa conclusión.

—Mi querido amigo, supongamos que un hombre se cree con el derecho divino a matar a un dictador, a un usurero, a un alcahuete o a quien sea que provoca su indignación moral. Comete lo que usted considera una acción punible, pero que él tiene como legítima e inocente. ¿Qué puede hacer la pobre semilla del juicio en este caso?

—Estoy seguro de que hay un sentimiento de culpa asociado con el asesinato.

—Hay muchísimas personas a las que me gustaría matar —proclamó el doctor Franklin despreocupadamente—. No creo que si lo hiciera mi conciencia me impidiera dormir por las noches. Estoy convencido de que es necesario eliminar a un ochenta por ciento de la raza humana. Viviríamos mucho mejor sin ellos.

Dicho esto, se marchó silbando con alegría.

Lo vi alejarse y me invadió la duda. La risa de Poirot me devolvió a la realidad.

—Amigo mío, tiene todo el aspecto de alguien que acaba de encontrar un nido de víboras. Confiemos en que nuestro amigo el doctor no ponga en práctica lo que predica.

—Ah, pero ¿y si lo hace?

2

Después de algunas vacilaciones, decidí que debía abordar el tema de Allerton con Judith. Me sentía en la obligación de saber cuáles eran sus sentimientos. Sabía que era una muchacha sensata, capacitada a la perfección para cuidar de ella misma, y no creía que se dejara engañar por el vulgar atractivo de un hombre como Allerton. Supongo que lo que necesitaba de ella era una confirmación de mis conclusiones.

Por desgracia, no conseguí mis propósitos. Abordé el tema de la manera equivocada. No hay nada que moleste más a los jóvenes que recibir consejo de sus mayores. Intenté que mis palabras parecieran despreocupadas. Supongo que también fallé. Judith se enfadó en el acto.

—¿Qué es esto? ¿Un aviso paternal contra el lobo feroz?

—No, no, Judith. Por supuesto que no.

—¿Debo entender que no te agrada el comandante Allerton?

—No, si he de serte sincero, y supongo que a ti tampoco te agrada.

—¿Por qué no?

—Bueno, diría que no es tu tipo.

—¿Cuál consideras que es mi tipo, papá?

Judith sabía cómo confundirme y compliqué las cosas todavía más. Me miró con una leve sonrisa despectiva.

—Por supuesto que no te gusta —añadió—. A mí sí. Creo que es muy divertido.

—Divertido quizá sí —dije, tratando de quitarle hierro a la situación.

—Es muy atractivo —afirmó Judith—. Cualquier mujer te dirá lo mismo. Los hombres, desde luego, no lo comprenden.

—Gran verdad —repliqué—. La otra noche estuviste con él hasta muy tarde...

No me permitió seguir. Estalló la tormenta.

—La verdad, papá, es que te comportas como un tonto. ¿No te das cuenta de que a mi edad soy capaz de cuidar de mis asuntos? No tienes ningún derecho a controlar lo que hago o a quién elijo como amigo. Es esta estúpida intromisión en la vida de los hijos lo que resulta tan cargante en la relación con los padres. Te quiero mucho, pero soy una mujer adulta y tengo mi propia vida. No comiences a comportarte como un mojigato.

Me sentí tan dolido por este comentario tan poco piadoso que me quedé sin saber qué contestar, y Judith aprovechó mi silencio para marcharse.

Me quedé con la sensación de que había cometido más perjuicio que beneficio.

Seguía sumido en mis pensamientos cuando la voz de la enfermera de la señora Franklin me devolvió a la realidad.

—Se le ve muy ensimismado, capitán Hastings.

La enfermera Craven era una joven muy bella. Sus modales quizá resultaban un poco atrevidos, pero era agradable e inteligente. Acababa de dejar a su paciente en un rincón soleado, no muy lejos del improvisado laboratorio.

—¿La señora Franklin está interesada en el trabajo de su marido?

La enfermera Craven negó con la cabeza con una expresión condescendiente.

—Oh, es demasiado técnico para ella. No es lo que se dice una mujer inteligente, capitán Hastings.

—No, supongo que no.

—El trabajo del doctor Franklin solo puede ser apreciado por aquellos que saben algo de medicina. Es un hombre muy capacitado y brillante. Pobre, me da mucha lástima.

—¿Lástima?

—Sí, es algo que he visto muy a menudo. Me refiero al hombre que se casa con la mujer equivocada.

—¿Quiere decir que no es su tipo?

—¿Usted no lo ve así? No tienen nada en común.

—Él parece quererla mucho. Es muy atento con ella y procura satisfacer todos sus deseos.

La enfermera Craven se rio de una forma que me resultó desagradable.

—¡Ella se encarga de que sea así!

—¿Cree que ella se aprovecha de su precaria salud? —pregunté en tono de duda.

La joven volvió a reír.

—No hay mucho que se le pueda enseñar sobre cómo salirse con la suya. Se atienden todos los caprichos de su señoría. Algunas mujeres son así. Si alguien se resiste a sus deseos, se tienden en la cama, cierran los ojos y adoptan una expresión patética o hacen una pataleta. La señora Franklin es de las patéticas. No duerme durante toda la noche para mostrar un semblante pálido y exhausto por la mañana.

—Pero es una inválida, ¿no? —pregunté sorprendido.

La enfermera Craven me miró de una manera peculiar.

—Oh, sí, por supuesto —respondió en un tono desabrido para después cambiar de tema bruscamente.

Me preguntó si era cierto que había estado aquí antes, durante la primera guerra mundial.

—Sí, así es.

—Aquí se cometió un asesinato, ¿verdad? —inquirió

en voz baja—. Me lo dijo una de las criadas. ¿Mataron a una anciana?

—Sí.

—¿Usted estaba aquí cuando ocurrió?

—Sí.

—Eso lo explica todo, ¿no? —La enfermera se estremeció.

—¿Explica qué?

—El ambiente de este lugar —contestó, mirándome de reojo—. ¿No lo nota? Hay algo extraño, usted ya me entiende.

Permanecí en silencio mientras pensaba en sus palabras. ¿Era cierto lo que había dicho? ¿El hecho de que una muerte violenta, un asesinato premeditado, ocurriera en un lugar determinado dejaba una huella tan evidente que resultaba perceptible después de tantos años? Eso dicen las personas con habilidades psíquicas. ¿Conservaba Styles reminiscencias de aquel suceso ocurrido hacía décadas? ¿Aquí, dentro de estas paredes, en este jardín, los pensamientos de un asesino habían permanecido, haciéndose cada vez más fuertes, para acabar dando su fruto en el último acto? ¿Todavía ensuciaban el aire?

La enfermera Craven interrumpió mis pensamientos.

—Una vez estuve en una casa donde se perpetró un asesinato —manifestó la mujer—. Nunca lo he olvidado. Es imposible. Se trataba de uno de mis pacientes. Tuve que presentarme como testigo. Me hizo sentir muy mal. Es una experiencia muy desagradable para una muchacha.

—Lo es. Yo...

Me interrumpí al ver que Boyd Carrington aparecía

en el jardín. Como siempre, su personalidad pareció borrar todas las sombras y las preocupaciones. Era tan corpulento, tan sano, tan deportivo, una de esas personas encantadoras que emanan alegría y sentido común.

—Buenos días, Hastings. Buenos días, enfermera, ¿cómo está la señora Franklin?

—Buenos días, sir William. La señora Franklin está en el jardín, sentada a la sombra del haya, cerca del laboratorio.

—Supongo que el doctor Franklin estará dentro del laboratorio, ¿no?

—Sí, sir William, con la señorita Hastings.

—Pobre chica. ¡Tener que estar encerrada en un gallinero haciendo porquerías en una mañana como esta! Tendría que protestar, Hastings.

—Oh, la señorita Hastings está muy a gusto —se apresuró a decir la enfermera—. A ella le encanta, y el doctor no podría arreglárselas sin ella, se lo aseguro.

—Vaya tipo más idiota —opinó Carrington—. Si una muchacha tan bonita como su Judith fuera mi secretaria, la miraría solo a ella, y al cuerno con los conejillos de Indias.

Era una broma que a Judith no le hubiese hecho la menor gracia, pero pareció gustarle mucho a la enfermera Craven, que la celebró riéndose de buena gana.

—Ay, sir William, no tendría que decir esas cosas —exclamó—. Todos sabemos cómo es usted. Pero el pobre doctor Franklin es tan serio, siempre embebido en su trabajo...

—Dirá usted lo que quiera, pero su esposa parece haber tomado posiciones en un punto desde el que puede mantener vigilado a su marido. Creo que está celosa.

—Usted sabe demasiado, sir William.

La enfermera Craven parecía encantada con este *badinage*.

—Bueno, supongo que debo ocuparme de la leche malteada de la señora Franklin —dijo, como si lo lamentara.

Se marchó lentamente y Boyd Carrington no le quitó la mirada de encima.

—Una joven muy guapa —apuntó—. Un pelo y unos dientes preciosos. Es una mujer muy atractiva. Debe de ser una vida bastante aburrida tener que estar siempre cuidando de personas enfermas. Una muchacha como ella merece un destino mejor.

—Supongo que se casará algún día.

—Eso espero.

Exhaló un suspiro y se me ocurrió que estaba pensando en su difunta esposa.

—¿Quiere venir conmigo a Knatton y echarle un vistazo? —añadió.

—Me encantaría, pero primero iré a preguntarle a Poirot si me necesita.

Encontré a Poirot sentado en la terraza, bien abrigado. Me animó a que fuera.

—Desde luego, Hastings, vaya, vaya. Creo que es una finca preciosa. No pierda la oportunidad.

—Me gustaría ir, pero no quiero abandonarlo.

—¡Me fiel amigo! No, no, vaya con sir William. Un hombre encantador, ¿no le parece?

—De primera clase —respondí entusiasmado.

—Sí, ya me pareció que era su tipo —manifestó Poirot con una sonrisa.

3

Disfruté muchísimo de mi paseo. No solo hacía buen tiempo, un maravilloso día de verano, sino que también me complació la compañía del hombre.

Boyd Carrington tenía magnetismo personal, amplia experiencia de la vida y un conocimiento de los lugares que hacen que alguien sea una excelente compañía. Me contó historias de sus años como gobernador en la India, algunos detalles realmente curiosos del folclore tribal africano, y todo me pareció tan interesante que me olvidé de mis problemas con Judith y de la gran preocupación que me habían provocado las revelaciones de Poirot.

También me gustó mucho la manera como Boyd Carrington habló de mi amigo. Sentía un gran respeto por él: por su trabajo y como persona. Aunque su actual condición física inspiraba pena, Boyd Carrington no apeló en ningún momento a la sensiblería fácil. Por lo visto, opinaba que una vida como la de Poirot era en sí misma una gran recompensa y que mi amigo debía encontrar motivos de solaz, orgullo y satisfacción en sus recuerdos.

—Además —manifestó—, creo que su cerebro sigue siendo tan brillante como siempre.

—Así es, en efecto —afirmé.

—No hay error más grande que creer que, porque un hombre esté atado de piernas, su cerebro se ha ido a freír espárragos. Ni hablar. La parálisis afecta al trabajo cerebral mucho menos de lo que usted cree. Le juro que nunca me atrevería a cometer un asesinato teniendo a Hércules Poirot cerca, ni siquiera ahora.

—Lo atraparía si lo hiciera —dije sonriente.

—No lo dudo. Claro que no se me daría muy bien cometer un asesinato. Soy incapaz de planear nada. Me mata la impaciencia. Si cometiera un asesinato, lo haría en un arrebato.

—Ese es el crimen más difícil de descubrir.

—No lo creo. Lo más probable es que fuera dejando pistas por todos lados. En parte es una suerte no tener una mente criminal. A la única persona a la que me vería capaz de asesinar sería a un chantajista. Es algo repugnante. Siempre he creído que a los chantajistas habría que matarlos. ¿Usted qué opina?

Confesé una cierta debilidad por su punto de vista.

Un joven arquitecto vino a nuestro encuentro y pasamos revista a los trabajos de remodelación que se estaban haciendo en la casa.

Knatton era una mansión de la época Tudor con un ala añadida mucho más tarde. No había sido remodelada salvo por la instalación de dos primitivos cuartos de baño alrededor de 1840.

Boyd Carrington me explicó que su tío había sido lo más parecido a un ermitaño; le desagradaba la gente y vivía en un rincón de la enorme casa. Sir William y su hermano habían sido más o menos tolerados y pasaban las vacaciones escolares con su tío antes de que sir Everard se convirtiera en un recluso.

El anciano no se había casado nunca y solo había gastado una décima parte de sus considerables rentas. Por lo tanto, incluso después de pagar los derechos reales, el actual sir era un hombre muy rico.

—Pero muy solitario —comentó, exhalando un suspiro.

Permanecí en silencio. Mi solidaridad era demasiado fuerte para expresarla con palabras. Yo también era un hombre solitario. Desde la muerte de mi Cenicienta me sentía como si me faltara una parte de mi ser.

Al cabo de unos minutos, acabé por manifestar una pequeña parte de lo que sentía.

—Ah, sí, Hastings —respondió—, pero usted tiene algo que yo nunca tendré.

Hizo una pausa y después, de una manera un tanto ambigua, me hizo un resumen de su tragedia.

Me habló de su hermosa y joven esposa, una criatura adorable, llena de encanto, pero con una herencia genética muy acusada y perniciosa: casi todos los miembros de su familia habían muerto a consecuencia de la bebida; y ella misma había sido víctima del alcohol. Apenas un año después de la boda, la mujer había muerto de cirrosis. Sir William no la culpaba. Entendía que la desdichada no había podido luchar contra la herencia que llevaba en los genes.

Después de la muerte de su esposa, aceptó llevar una vida solitaria. Había decidido, afectado por la terrible experiencia, que no volvería a casarse.

—Uno se siente más seguro estando solo —dijo sencillamente.

—Sí, comprendo que se sienta así. Al menos, al principio.

—Todo el asunto fue una tragedia espantosa. Me sentí amargado y envejecido prematuramente. —Hizo una pausa—. Es verdad que hubo un momento en que me sentí muy tentado. Pero, como ella era tan joven, no me pareció justo ligarla a un hombre desilusionado. Yo era demasiado viejo para una criatura tan hermosa.

Negó con la cabeza.

—¿No era ella la que debía juzgarlo?

—No lo sé, Hastings. Decidí que no. Sé que le gustaba, pero, como le digo, era demasiado joven. Siempre la recordaré tal y como la vi el último día, cuando decidí marcharme. Con la cabeza inclinada a un lado, aquella mirada de asombro, su mano pequeña...

Calló. Sus palabras habían evocado una imagen que me resultaba conocida, aunque no sabía la razón.

La voz de Boyd Carrington, en un tono de dureza inesperada, me sacó de mi ensimismamiento.

—Fui un idiota. Cualquier hombre que deja pasar su oportunidad es un idiota. La cuestión es que aquí estoy, con una mansión que es demasiado grande para mí y sin una graciosa presencia para que se siente a la cabecera de mi mesa.

Me encantó su manera un tanto anticuada de explicar las cosas. Evocaba el encanto y la naturalidad del viejo mundo.

—¿Dónde está ahora la dama? —pregunté.

—Oh, está casada. La verdad, Hastings, es que ahora estoy hecho para la vida de soltero. Me he aficionado a algunas cosas. Venga y pasearemos por el jardín. Llevaba años descuidado, pero ahora está muy bien.

Caminamos por el jardín y me sentí muy impresionado por todo lo que vi. No había duda de que Knatton era una finca regia y no me extrañó que Boyd Carrington estuviera orgulloso de ser su dueño. Conocía muy bien la zona y a la mayoría de los vecinos, aunque algunos habían llegado mucho después de su infancia.

Era amigo del coronel Luttrell, se habían conocido en

la India, y manifestó sus más sinceras esperanzas de que la aventura de Styles les diera algún provecho.

—El pobre Toby Luttrell está pasando por apuros bastante graves —afirmó—. Un buen tipo. Un buen soldado y un excelente tirador. En una ocasión, fuimos juntos a África de safari. ¡Qué días aquellos! Por entonces ya estaba casado, pero, por supuesto, su esposa no vino, gracias a Dios. Era una mujer bonita, pero siempre fue una sargento. Es curioso las cosas que un hombre es capaz de tolerarle a una mujer. ¡El viejo Toby, que hacía temblar a sus subalternos! ¡Era tan severo...! Verse convertido en esto, ¡un auténtico calzonazos! No hay ninguna duda de que esa mujer tiene una lengua viperina. Sin embargo, hay que reconocer que es inteligente. Si hay alguien que puede conseguir que el lugar resulte rentable es ella. Luttrell nunca tuvo mucha cabeza para los negocios, pero su esposa es capaz de despellejar incluso a su abuela.

—Resulta un poco empalagosa en su trato —me quejé.

—Lo sé. Es pura dulzura —replicó Boyd Carrington con una expresión risueña—. ¿Ha jugado al bridge con ellos?

Respondí que sí, sin disimular mi disgusto.

—En general, evito a las mujeres que juegan al bridge —dijo sir William—. Haría usted bien en imitarme.

Le expliqué lo incómodos que nos habíamos sentido Norton y yo aquella primera noche.

—Eso es. Uno no sabe qué cara poner. Norton es buen tipo, aunque demasiado discreto. Se pasa el día observando a los pájaros y cosas por el estilo. Me ha dicho que no le entusiasma cazarlos. ¡Asombroso! ¡No tiene sentido del deporte! Le dije que él se lo perdía. No entiendo cuál es el placer de pasar frío en medio de un bosque observando a los pájaros a través de unos prismáticos.

En aquel momento ni se nos pasó por la cabeza la importancia que tendría la afición de Norton en los sucesos que nos reservaba el futuro.

Capítulo 8

1

Pasaron los días. Fue un tiempo poco satisfactorio, vivido con la inquietud del que espera que suceda algo.

En realidad, no ocurrió nada, si se me permite decirlo de esta manera. No obstante, hubo incidentes, fragmentos de conversaciones sueltas, detalles del comportamiento de algunos de los huéspedes de Styles, comentarios esclarecedores. No dejaban de ser unas piezas que, encajadas en su sitio, me habrían aclarado muchas cosas.

Fue Poirot quien, hablándome sin pelos en la lengua, me hizo notar algo que no había visto en mi estúpida ceguera.

Me quejaba, por enésima vez, de su firme negativa a confiar en mí. No era justo, le dije. Él y yo siempre habíamos compartido los mismos conocimientos, si bien yo había sido obtuso y él sumamente inteligente a la hora de sacar las conclusiones correctas de dichos conocimientos.

Me hizo callar levantando una mano en un gesto de impaciencia.

—¡Así es, amigo mío, no es justo! ¡No es deportivo! ¡No seguimos las mismas reglas de juego! Lo admito, y punto. Esto no es un juego, no es *le sport*. No parece interesarle otra cosa que adivinar la identidad de X. No fue para eso para lo que le pedí que viniera aquí. No es necesario que se preocupe. Ya conozco la respuesta a esa pregunta. Lo que no sé y necesito saber es: ¿Quién va a morir dentro de muy poco? No se trata, *mon vieux*, de jugar a las adivinanzas, sino de evitar que muera un ser humano.

Me sentí muy sorprendido por sus palabras.

—Recuerdo que me lo mencionó en una ocasión, pero no me di cuenta de la importancia que tenía.

—Pues dese cuenta ahora mismo.

—Sí, sí, lo haré, quiero señalar que ya me he dado cuenta.

—*Bien!* Entonces, dígame, Hastings, ¿quién es la persona que morirá?

—¡No tengo ni la menor idea! —repliqué.

—¡Debería tenerla! ¿Para qué está aquí?

—Es obvio —manifesté, volviendo a mis meditaciones sobre el tema— que debe existir una relación entre la víctima y X. Por lo tanto, si me dijera usted quién es X...

Poirot meneó la cabeza con tanto vigor que creí que acabaría haciéndose daño.

—¿No le he explicado cuál es la esencia de la técnica de X? No habrá absolutamente nada que relacione a X con el asesinato. Eso es seguro.

—¿Quiere decir que la conexión estará escondida?

—Estará tan escondida que ninguno de nosotros dos la encontraremos.

—Pero no me negará que, si estudiáramos el pasado de X...

—Le digo que no. No hay tiempo. El asesinato puede ocurrir en cualquier momento, ¿comprende usted?

—¿La víctima será alguien de esta casa?

—Alguien de esta casa.

—¿De verdad que no sabe usted quién o cómo?

—¡Ah! Si lo supiera, no le insistiría en que lo averiguase.

—¿Solo basa su suposición en el mero hecho de la presencia de X?

Admito que mi voz tenía un cierto tono de duda. Poirot, cuyo autocontrol había disminuido desde que estaba condenado a la inmovilidad, me gritó:

—¡Ah, *ma foi!*, ¿cuántas veces tendré que repetirlo? Si un montón de corresponsales de guerra se presentan súbitamente en algún lugar de Europa, ¿qué significa? ¡Significa guerra! Si médicos de todo el mundo llegan a una ciudad en un día determinado, ¿qué nos indica? Que se celebra un congreso médico. Donde vea a un buitre volando en círculos, no dude de que hay un cadáver. Si ve a los cazadores avanzando ojo avizor, seguro que habrá disparos. Si ve a un hombre que se detiene sin más, se quita la chaqueta y se arroja al mar, significa que intenta salvar a alguien de morir ahogado. Si ve a unas señoras mayores y de aspecto respetable espiando por encima de un seto, puede deducir que al otro lado hay algo indecente, y, para acabar, si huele un aroma delicioso y ve que varias personas caminan por un pasillo en la misma dirección, puede dar por hecho que están a punto de servir la comida.

Consideré estas analogías durante un par de minutos, luego repliqué, escogiendo la primera:

—En cualquier caso, la presencia de un corresponsal de guerra no implica que se esté produciendo un conflicto bélico.

—Por supuesto que no. Tampoco una golondrina hace verano. Pero un asesino, Hastings, sugiere un asesinato.

Eso, por supuesto, era innegable. Pero, así y todo, se me ocurrió algo que parecía no habérsele ocurrido a Poirot: que incluso un asesino tiene sus ratos libres. X podría estar en Styles disfrutando de sus vacaciones y sin ninguna intención letal. Sin embargo, él parecía tan empecinado en lo suyo que no me atreví a plantearlo. Solo dije que todo el asunto me parecía complicadísimo. Debíamos esperar...

—... y ver qué pasa —acabó Poirot—. Eso, *mon cher*, es precisamente lo que no debemos hacer. No le estoy diciendo, por supuesto, que tendremos éxito, porque, como le he dicho antes, cuando un asesino está dispuesto a matar, no es fácil impedirlo, pero al menos podemos intentarlo. Suponga, Hastings, que encuentra un problema de bridge en una revista. Puede ver todas las cartas. Solo se le pide que anticipe el resultado de la mano.

—Es inútil, Poirot —manifesté, negando con la cabeza—. No tengo ni la menor idea. Si supiera quién es X...

Poirot volvió a gritarme. Gritó tan alto que Curtiss acudió en su auxilio, muy asustado. Mi amigo lo despidió con un gesto y, en cuanto se retiró, se dirigió a mí en un tono más normal.

—Venga, Hastings, ni siquiera usted puede ser tan bobo. Ha estudiado los casos que le pasé. No sabe quién es X, pero conoce la técnica de X para cometer los crímenes.

—Ah, ya lo veo.

—Por supuesto que lo ve. El problema que usted tiene es su pereza mental. Le gustan los juegos y las adivinanzas. No le agrada trabajar con la cabeza. ¿Cuál es el elemento esencial en la técnica de X? ¿No ve que el crimen, cuando se comete, es completo? Me refiero a que hay un motivo, una oportunidad, los medios y, lo más importante de todo, un culpable preparado para sentarse en el banquillo.

En aquel momento, lo comprendí todo y me di cuenta de que había sido muy tonto al no verlo antes.

—Ya lo tengo —dije—. He de buscar a alguien que responda a estos requisitos: a la presunta víctima.

Poirot se reclinó en la silla, exhalando un suspiro.

—*Enfin!* Estoy muy cansado. Por favor, llame a Curtiss. Ahora comprende su cometido. Es usted una persona activa, puede moverse, seguir a los huéspedes, hablar con ellos, espiarlos. —Aquí estuve a punto de manifestar mi protesta más indignada, pero me callé. Era un tema que habíamos discutido mil veces—. Puede escuchar las conversaciones, sus rodillas le permiten agacharse y espiar por el ojo de la cerradura.

—¡No espiaré por el ojo de la cerradura! —protesté indignado.

—De acuerdo. —Poirot cerró los ojos por un instante—. ¡No espiará por el ojo de la cerradura! Seguirá siendo un caballero inglés y asesinarán a alguien. Eso no importa. El honor es lo primero para un inglés. Su honor es más importante que la vida de una persona. *Bien!* Queda claro.

—No, pero maldita sea, Poirot...

—Llame a Curtiss —me interrumpió Poirot en tono

desabrido—. Váyase. Es usted una persona obstinada y muy tonta, y desearía que hubiera alguien más en quien pudiera confiar, pero supongo que tendré que apañármelas con usted y sus absurdas ideas del juego limpio. A la vista de que no puede usar sus células grises porque no las tiene, al menos emplee los ojos, las orejas y la nariz si es necesario, hasta donde su honor se lo permita.

2

A la mañana siguiente me aventuré a sacar un tema que me rondaba por la cabeza desde hacía tiempo. Lo hice un tanto receloso, porque nunca se sabe cuáles pueden ser las reacciones de Poirot.

—He estado pensando, Poirot, en lo que me dijo ayer. Ya sé que no valgo mucho. Dijo usted que soy un estúpido y no se lo niego. No soy el mismo de antes. Desde la muerte de mi Cenicienta...

Me interrumpí. Poirot soltó un gruñido que interpreté como de conmiseración.

—Pero aquí hay un individuo —proseguí— que podría ayudarnos, es justo la clase de hombre que necesitamos. Tiene cabeza, imaginación, recursos, está acostumbrado a tomar decisiones y cuenta con una gran experiencia. Me refiero a Boyd Carrington. Él es el hombre que necesitamos, Poirot. Dispénsele su confianza. Cuénteselo todo.

Poirot me miró con los ojos muy abiertos.

—De ninguna manera.

—¿Por qué no? No me negará que es un tipo inteligente, mucho más que yo.

—Para eso no hace falta mucho —replicó Poirot con un hiriente sarcasmo—. Pero deseche esa idea, Hastings. No se lo diremos a nadie. Eso está claro, *hein*? Se lo advierto, le prohíbo terminantemente que hable usted de este asunto.

—De acuerdo, ya que se empeña, pero la verdad es que Boyd Carrington...

—Boyd Carrington, Boyd Carrington. ¿Por qué está tan obsesionado con Boyd Carrington? ¿A qué viene todo esto? ¿Quién es? Un hombretón pomposo y pagado de sí mismo porque los demás lo llaman «excelencia». Un hombre con cierto tacto, encanto y modales, pero que no es ninguna maravilla. Se repite a sí mismo, cuenta las mismas historias y, lo que es peor, su memoria es tan mala que es capaz de contarte como si fuera suya la misma historia que acabas de contarle. ¿Un hombre de cualidades extraordinarias? De ninguna manera. Es un plasta, un presuntuoso, *enfin*, ¡un plomo!

—¡Ah! —exclamé cuando se me hizo la luz.

No había duda de que la memoria de Boyd Carrington no era muy buena, y había cometido una falta que, sin duda, y ahora me daba cuenta de ello, había enfadado muchísimo a Poirot. Mi amigo le había relatado una anécdota de sus tiempos de policía en Bélgica, y solo un par de días más tarde, mientras varios de nosotros estábamos reunidos en el jardín, Boyd Carrington, víctima sin duda de su mala memoria, le había repetido la misma historia, iniciándola con el comentario: «Recuerdo que el jefe de la Sûreté en París me dijo en cierta ocasión...».

¡Ahora entendía la gravedad de la ofensa!

Decidí, con mucho tacto por mi parte, no decir nada más y me retiré.

3

Bajé la escalera y salí al jardín. No había nadie a la vista. Fui dando un paseo hasta un bosquecillo para después subir a un montículo coronado por un cenador ruinoso. Me senté y encendí mi pipa para después entregarme a mis reflexiones.

¿Quién había en Styles que tuviera un motivo más o menos claro para asesinar a alguien?

Aparte del caso obvio del coronel Luttrell, que, mucho me temía, no sería capaz de matar a su mujer ni en mitad de una mano de bridge, por muy justificada que estuviera la acción, no se me ocurría nadie más.

El problema radicaba en que no sabía gran cosa de estas personas. Ese era el caso de Norton y de la señorita Cole. ¿Cuáles eran los motivos más habituales para un asesinato? ¿El dinero? Boyd Carrington era la única persona rica del grupo. Si lo mataban, ¿quién heredaría el dinero? ¿Alguno de los presentes en la casa? No era probable, pero tampoco lo podía descartar. Bien podía ser que hubiera decidido dejar su fortuna a Franklin para que la empleara en sus investigaciones científicas. Esto, sumado a los inoportunos comentarios sobre la eliminación del ochenta por ciento de la raza humana, podía servir de base para una sólida acusación contra el doctor pelirrojo. También estaba la posibilidad de que Norton o la señorita Cole fueran parientes lejanos y heredaran de forma automática. Un tanto rebuscado, pero factible. Tampoco podía descartar al coronel Luttrell. Quizá, como un viejo amigo de sir William, era el beneficiario de su testamento. Estas posibilidades agotaban el análisis por el lado monetario. Me dediqué a los aspectos de índole romántica: los Franklin. La señora Franklin era una inválida. ¿Era posible que la estuvieran envenenando poco a poco y que su marido fuera el responsable de su muerte? Era médico, tenía la oportunidad y los medios. ¿Tenía un motivo? Un pensamiento inquietante pasó por mi cabeza porque Judith podía estar involucrada. Sabía muy bien que su relación era estrictamente profesional, pero ¿cuál sería la opinión del público? Judith era una muchacha muy hermosa. Una ayudante o secretaria bonita había sido el motivo en más de un asesinato. Esa posibilidad me asustó.

Pasé a Allerton. ¿Había alguna razón para justificar el asesinato de Allerton? Si al final se producía un asesinato, no tenía nada en contra de que la víctima fuera Allerton. Sin duda, había mil y una razones para matarlo. La señorita Cole, aunque no era joven, seguía siendo una mujer atractiva. Podía actuar impulsada por los celos si es que en alguna ocasión ella y Allerton habían mantenido una relación íntima, si bien no había nada que justificara que ese fuera el caso. Además, si Allerton era X...

Negué con la cabeza, impaciente. Todo esto no conducía a ninguna parte. El ruido de unas pisadas atrajo mi atención. Era Franklin, quien caminaba deprisa en dirección a la casa con las manos en los bolsillos y la cabeza gacha. Toda su actitud revelaba pesar. Al verlo de esta manera, me sorprendió el hecho de que parecía un hombre muy desgraciado.

Estaba tan absorto mirándolo que no oí otras pisadas más cercanas y me volví sobresaltado cuando la señorita Cole me dirigió la palabra.

—No la había oído llegar —me disculpé mientras me levantaba.

La señorita Cole contemplaba el cenador.

—¡Vaya reliquia victoriana!

—Sí. Creo que está lleno de arañas. Por favor, siéntese. Quitaré un poco el polvo.

Se me ocurrió que era una buena ocasión para conocer mejor a uno de los huéspedes. Observé a la señorita Cole de reojo mientras quitaba el polvo y las telarañas.

Era una mujer de treinta y tantos años, un poco demacrada, con un bonito perfil y unos ojos muy hermosos. Daba la impresión de ser una persona reservada o, mejor dicho, recelosa. De pronto me dije que ante mí tenía a una mujer que había sufrido y que, por lo tanto, desconfiaba profundamente de la vida. Me caía bien y sentí el deseo de saber más cosas de ella.

—Ya está —anuncié, dando la última pasada con el pañuelo—. No se puede hacer nada más.

—Muchas gracias.

Me sonrió al tiempo que se sentaba. La imité. El asiento crujió pero no se produjo la catástrofe.

—Dígame una cosa —añadió—. ¿En qué estaba pensando cuando llegué? Parecía de verdad absorto.

—Miraba al doctor Franklin.

—¿Y?

No vi ningún motivo para no repetirle mis pensamientos.

—Me dije que parecía un hombre muy desgraciado.

—Por supuesto que lo es —afirmó ella en voz baja—. Creía que ya se había dado cuenta.

Me parece que mi sorpresa fue evidente.

—No lo sabía —respondí, tartamudeando—. Siempre lo había considerado como un hombre absolutamente embebido en su trabajo.

—Lo es.

—¿Llama usted a eso ser desgraciado? Yo diría que es el mejor de los estados posibles.

—Oh, sí, eso no lo discuto, pero no lo es si le impide hacer lo que siente que debe hacer, si no le permite dar lo mejor de sí mismo.

La miré un tanto intrigado y la señorita Cole me lo explicó:

—El otoño pasado, el doctor Franklin tuvo la oportunidad de viajar a África para continuar con sus investigaciones. Estaba muy entusiasmado, como era de suponer, y se lo merecía por su brillante trabajo realizado en el ámbito de la medicina tropical.

—¿No fue?

—No. Su esposa puso el grito en el cielo. No estaba en condiciones físicas como para soportar el clima y se opuso a la idea de quedarse aquí, sobre todo porque eso habría significado llevar una vida mucho más modesta. El sueldo ofrecido no era alto.

—Vaya —dije, para después añadir con voz pausada—: Supongo que él debió de considerar que no podía dejarla dado su estado de salud.

—¿Sabe usted mucho del estado de salud de la señora Franklin, capitán Hastings?

—Bueno, yo..., lo cierto es que no. Es inválida, ¿verdad?

—Desde luego, su salud es «delicada» —comentó la señorita Cole en tono seco.

La miré con una expresión de duda. Era obvio que sus simpatías estaban totalmente con el marido.

—Supongo que las mujeres con una salud delicada tienden a ser egoístas.

—Sí, creo que los inválidos, sobre todo los crónicos,

suelen ser muy egoístas. Quizá no se los pueda culpar. Es algo natural.

—¿Usted cree que lo de la señora Franklin no es para tanto?

—No lo sé. Solo es una sospecha. Por lo visto, siempre parece conseguir todo lo que desea.

Reflexioné en silencio durante un par de minutos. Me pareció que la señorita Cole estaba muy bien enterada de los problemas del matrimonio Franklin.

—Supongo que conoce bien al doctor Franklin, ¿no es así?

La señorita Cole meneó la cabeza.

—No. Solo nos habíamos visto en un par de ocasiones antes de encontrarnos aquí.

—Sin embargo, supongo que habrá hablado con usted.

Una vez más lo negó con un gesto.

—No, todo lo que le he dicho a usted lo he sabido por su hija Judith.

«Judith —me dije para mis adentros con un poco de amargura— habla con todo el mundo menos conmigo.»

—Judith es muy leal a su jefe y lo defiende con uñas y dientes —añadió la señorita Cole—. Condena con rotundidad el egoísmo de la señora Franklin.

—¿Usted también cree que es una egoísta?

—Sí, pero comprendo su punto de vista. Entiendo a los inválidos. También comprendo que el doctor Franklin tolere sus caprichos. Judith, por supuesto, cree que él debería dejar a su esposa en cualquier institución y seguir con su trabajo. Su hija siente verdadera pasión por la ciencia.

—Lo sé —respondí un tanto desolado—. Me preocupa. No me parece natural. Creo que tendría que ser más humana, que debería estar más dispuesta a disfrutar. Divertirse, enamorarse. Después de todo, la juventud es para disfrutar y no para pasarse horas entre tubos de ensayo. No es natural. En mis tiempos, nos divertíamos, cortejábamos a las chicas, ya sabe.

Un silencio siguió a mis palabras. La señorita Cole lo rompió cuando dijo con una voz extraña:

—No, no lo sé.

Me sentí horrorizado. Sin darme cuenta, había hablado como si ella y yo fuéramos de la misma edad, pero de pronto me di cuenta de que era por lo menos diez años más joven y que yo había demostrado una falta de tacto inexcusable.

Me disculpé lo mejor que pude. Ella interrumpió mis tartamudeos.

—No, no, no lo decía en ese sentido. Por favor, no se disculpe. Solo quería decir que no lo sé. Nunca he sido lo que usted llama «joven». Nunca me he divertido.

Algo en su voz, amargura, o quizá un profundo resentimiento, me dejó sin saber qué decir. Por fin, con mucha torpeza, pero con sinceridad, dije:

—Lo siento.

—Oh, no tiene importancia. —La señorita Cole sonrió—. No es para tanto. Hablemos de otra cosa.

—Háblame de las otras personas que están aquí —le rogué—. A menos que para usted sean unos completos extraños.

—Conozco a los Luttrell de toda la vida. Resulta un poco triste que deban hacer esto, sobre todo por él, que es un encanto. Ella es más agradable de lo que usted cree. Tener que mirar hasta el último penique y no poder permitirse nunca ningún lujo la ha convertido en una urraca. Si siempre tienes que estar alerta, a la larga se nota. Lo único que me disgusta de ella es la efusividad de sus modales.

—Cuénteme algo del señor Norton.

—En realidad, no hay mucho que decir. Es muy agradable, algo tímido, quizá un poco falto de luces. Siempre ha sido un tanto delicado. Vivía con su madre, una mujer muy dominante. Lo trataba como si fuera un niño. Ella murió hace algunos años. El señor Norton es un entusiasta de los pájaros, las flores y cosas por el estilo. Es una persona muy bondadosa, de esas que ven mucho.

—¿Quiere decir a través de los prismáticos?

La señorita Cole me obsequió con una sonrisa.

—No lo quería decir de una manera tan literal. Me refiero a que se da cuenta de muchas cosas. Las personas calladas suelen hacerlo. No es egoísta y se muestra muy considerado para ser un hombre, pero es un tanto ineficaz.

—Sí, lo entiendo.

Elizabeth me miró un segundo y después añadió con el mismo tono amargo de antes:

—Esa es la parte deprimente de lugares como este. Casas de huéspedes regentadas por gente venida a menos. Están llenas de fracasados, personas que nunca han conseguido nada ni lo conseguirán, derrotadas por la vida, personas que son mayores y están cansadas de todo.

Se calló, y a mí me invadió una profunda tristeza. ¡Cuánta verdad había en sus palabras! Aquí estábamos, una colección de personas que solo esperaban la muerte. Cabezas grises, corazones grises, sueños grises. Yo mismo, triste y solitario. Una mujer amargada y sin ilusiones sentada a mi lado. El doctor Franklin, con sus ambiciones truncadas, con una esposa sujeta por las garras de la enfermedad. Norton, discreto y cojo, dedicado a observar los pájaros como distracción. Incluso Poirot, en otros tiempos una persona brillante, se había convertido en un viejo tullido.

¡Qué diferente de los días de antaño, los días en los que llegué por primera vez a Styles! El recuerdo fue doloroso y solté un suspiro de amargura y pena.

—¿Qué le sucede? —preguntó mi compañera con rapidez.

—Nada. Me ha sorprendido el contraste. Estuve aquí, ¿sabe usted?, hace muchos años, cuando era joven. Pensaba en la diferencia entre entonces y ahora.

—¿Era una casa feliz? ¿Todos eran felices?

Es curioso el modo en que algunas veces los pensamientos parecen acomodarse como los cristales de un calidoscopio. Fue lo que me ocurrió en ese momento. Un sorprendente reajuste y encaje de los recuerdos, de los sucesos, y entonces la nueva figura apareció tal como era de verdad.

Mi pena la provocaba el pasado en sí, no la realidad. Porque incluso entonces, en aquellos años, Styles no era un lugar feliz. Recordé los hechos reales sin apasionamiento. Mi amigo John y su esposa, ambos desgraciados, sufrían por la vida que se veían obligados a llevar. Laurence Cavendish estaba hundido en la melancolía. Cynthia tenía su frescura juvenil marchitada por su posición de dependencia. Inglethorp se había casado con una mujer rica por su dinero. No, ninguno de ellos había sido feliz. Ahora, una vez más, nadie lo era. Styles era una casa desgraciada.

—Me he dejado llevar por un falso sentimiento —le expliqué a la señorita Cole—. Esta nunca fue una casa feliz. Tampoco lo es ahora. Ninguno de los que están aquí son felices.

—No, no. Su hija...

—Judith no es feliz.

Lo dije con la certeza de que era cierto. No, Judith no era feliz.

—Boyd Carrington —añadí en tono de duda— comentaba el otro día que se sentía solo, aunque creo que se divierte bastante, teniendo como tiene tanto dinero, una casa hermosa y muchas cosas más.

—Oh, sí, pero sir William es diferente —replicó la señorita Cole con viveza—. No pertenece a este lugar como el resto de nosotros. Viene del mundo exterior, de un mundo de éxitos e independencia. Ha triunfado y lo sabe. No es uno de los lisiados.

Me pareció una palabra muy curiosa.

—¿Quiere usted decirme por qué ha utilizado una palabra tan particular?

—Porque es la verdad —afirmó en un súbito arranque de pasión—. Al menos, la verdad en lo que a mí concierne. Soy una lisiada.

—Veo que ha sido usted una mujer muy desgraciada.

—No sabe usted quién soy, ¿verdad?

—Conozco su nombre.

—Cole no es mi nombre, quiero decir que es el nombre de mi madre. Lo adopté después de...

—¿Después de qué?

—Mi verdadero nombre es Litchfield.

La respuesta tardó en calar; no era más que un nombre vagamente conocido. Entonces lo recordé.

—Matthew Litchfield.

—Veo que lo conoce. A eso me refería. Mi padre era un inválido y un tirano. Nos prohibió cualquier tipo de vida normal. No podíamos invitar a nuestros amigos a que vinieran a casa. No nos daba dinero. Vivíamos en una cárcel. —Hizo una pausa y me miró con aquellos preciosos ojos oscuros—. Después mi hermana..., mi hermana...

—Por favor, no siga. Es demasiado doloroso para usted. Lo sé. No es necesario que me lo cuente.

—Pero usted no lo sabe. No puede saberlo. Maggie. Es inconcebible. Sé que fue a la policía, que se entregó, que confesó el crimen. Sin embargo, sigo sin creérmelo. Siento que no es verdad, que no pudo ser como ella lo contó.

—¿Quiere decir que los hechos no concordaban?

—No, no. No es eso. Se trata de Maggie. Nunca hubiera hecho algo así. ¡No fue Maggie!

Las palabras temblaron en mis labios, pero no las pronuncié. No había llegado aún el momento en que pudiera decirle: «Tiene usted razón. No fue Maggie».

Capítulo 9

Debían de ser las seis de la tarde cuando el coronel Luttrell apareció por el sendero. Llevaba una carabina y un par de palomas torcaces muertas.

Se sorprendió cuando lo saludé y pareció desconcertado al vernos.

—Hola, ¿qué hacen ustedes dos aquí? Esta reliquia no es un lugar seguro. Se cae a trozos. Mucho me temo que te ensuciarás, Elizabeth.

—Oh, no pasa nada. El capitán Hastings ha sacrificado su pañuelo por la buena causa de mantener limpio mi vestido.

—¿De veras? Eso está muy bien —murmuró el coronel.

Se quedó allí, tirándose del bigote, así que nos levantamos y fuimos a reunirnos con él. Parecía estar muy distraído, pero salió de su ensimismamiento para comentar:

—Estuve cazando a esas condenadas palomas torcaces. Causan muchos daños.

—Me han dicho que es un excelente tirador.

—¿Sí? ¿Quién se lo dijo? Ah, Boyd Carrington. Lo fui, lo fui. Ahora estoy un poco oxidado. Los años pesan.

—La vista —sugerí.

Mi sugerencia provocó una reacción inmediata.

—Tonterías. Tengo la vista tan bien como siempre. Por supuesto que uso gafas para leer, pero de lejos tengo una vista perfecta. —Siguió un silencio y después repitió—: Sí, perfecta. No es que eso importe... —Su voz se apagó en un murmullo ininteligible.

—Hace una tarde preciosa —afirmó la señorita Cole.

Tenía razón. Comenzaba a ponerse el sol y la luz dorada hacía resaltar los diversos tonos de verde de los árboles. Era una tarde tranquila y muy inglesa, de aquellas que uno recuerda cuando está en los países tropicales. Se lo mencioné a mis compañeros.

—Sí, sí, muchas veces las recordaba cuando estaba en la India —asintió con entusiasmo el coronel—. Te hacen pensar en la jubilación y en buscar un lugar donde instalarte para el resto de tus días.

Asentí en silencio y él añadió cambiando el tono de su voz:

—Sí, volver a casa, descansar. Claro que nunca es como te lo imaginas.

Me dije que en su caso era muy cierto. No se había imaginado nunca que terminaría teniendo una casa de huéspedes poco rentable y una esposa que le hacía la vida imposible.

Caminamos lentamente hacia la casa. Norton y Boyd Carrington estaban sentados en la galería, y el coronel y yo nos unimos a ellos mientras la señorita Cole iba a su habitación.

Comenzamos a charlar y el coronel pareció animarse.

Contó un par de chistes y se mostró mucho más alegre y despierto de lo habitual.

—Hoy ha sido un día de mucho calor —comentó Norton—. Estoy sediento.

—¿Una copa? Invita la casa —dijo el coronel.

Le dimos las gracias y aceptamos. Luttrell se levantó para ir a buscar las bebidas.

La parte de la galería donde estábamos sentados daba a la ventanilla del comedor, abierta de par en par.

Oímos al coronel cuando abrió el armario, el ruido típico del sacacorchos atravesando el tapón y, después, el suave estampido del descorche.

Fue entonces cuando sonó la nota discordante de la voz de la señora Luttrell.

—¿Qué estás haciendo, George?

La respuesta del coronel fue un murmullo. Solo alcanzamos a distinguir alguna palabra suelta: «los muchachos», «una copa».

—Ni se te ocurra, George —ordenó la voz, aguda e irritante—. Vaya ocurrencias que tienes. ¿Cómo crees que conseguiremos ganar dinero con este negocio si tú vas por ahí invitando a copas a todo el pueblo? Aquí todo el mundo paga como está mandado. Alguien tiene que pensar en el negocio. Estarías en la ruina si no fuera por mí. Tengo que vigilarte como si fueras un crío. Sí, como a un crío. No posees ni pizca de sentido común. Dame esa botella. ¡Te digo que me la des!

Una vez más, solo oímos un murmullo por respuesta.

—No me importa si me oyen o no —replicó la señora Luttrell en tono agrio—. Esta botella vuelve al armario y lo cerraré con llave. —Se oyó el ruido de la llave en la cerradura—. Ya está. Asunto acabado.

Esta vez sí que oímos la voz del coronel con toda claridad:

—Has ido demasiado lejos, Daisy. No lo toleraré.

—¿No lo tolerarás? ¿Y tú quién eres? ¿Quién lleva esta casa? Yo. No lo olvides.

Se oyó un frufrú, señal evidente de que la señora Luttrell se había marchado. Pasaron un par de minutos antes de que reapareciera el coronel y, cuando lo hizo, mostraba un aspecto mucho más envejecido y débil.

Todos sentimos una pena enorme por él, y estoy seguro de que hubiéramos asesinado a la señora Luttrell sin el menor reparo.

—Lo siento mucho, muchachos —dijo con una voz forzada—. Al parecer, se ha acabado el whisky.

Debía de saber que habíamos oído la discusión y, si no lo sabía, nuestro comportamiento lo hizo patente. Todos estábamos muy incómodos, y Norton comenzó a dar explicaciones, a cuál más idiota, para justificar que ahora no tenía sed, y que tampoco le apetecía una copa porque faltaba muy poco para la cena. Lo cierto es que fue un momento muy embarazoso. Yo no sabía qué decir, y Boyd Carrington, el único que podría habernos sacado del atolladero, no podía intervenir porque Norton no callaba.

Con el rabillo del ojo vi a la señora Luttrell, que se alejaba por uno de los senderos del jardín, equipada con guantes de trabajo y un desplantador. Desde luego, era una mujer eficiente, pero en aquel instante yo sentía un profundo rencor hacia ella. Nadie tenía derecho a humillar a otra persona como ella había hecho.

Norton seguía charlando como un descosido. Cogió una de las palomas y nos contó que una vez sus compañeros de colegio se habían reído a su costa cuando se puso enfermo al ver cómo mataban a un conejo. Luego pasó al tema de las perdices, con un largo y tonto relato sobre un accidente ocurrido en Escocia en el que había muerto un ojeador. Hablamos de los accidentes que ocurren en las cacerías, y fue entonces cuando Boyd Carrington pudo intervenir.

—Recuerdo algo muy divertido que le ocurrió en una ocasión a uno de mis ordenanzas. Un irlandés. Había ido de permiso a Irlanda. A su regreso, le pregunté si se lo había pasado bien.

»—¡De maravilla, el mejor permiso de toda mi vida!

»—Me alegra saberlo —añadí un tanto extrañado por su entusiasmo.

»—Juro que me lo pasé como nunca. Le disparé a mi hermano.

»—¿Le disparaste a tu hermano? —pregunté sorprendido.

»—Claro que sí. Hacía años que quería hacerlo. Allí estaba yo, en un tejado de Dublín. ¿Y a quién veo venir caminando por la calle? A mi hermano, y yo con una carabina en la mano. Fue un disparo precioso, aunque no está bien que lo diga. ¡Lo dejé fulminado! Ah, un gran momento. ¡No lo olvidaré mientras viva!

Boyd Carrington sabía cómo contar una historia, con un énfasis exagerado y muy gracioso. Todos nos reímos y desapareció la tensión. Cuando se marchó, anunciando que iba a ducharse antes de la cena, Norton comentó con entusiasmo:

—¡Es un tipo fantástico!

—Sí, sí, es una gran persona —manifestó el coronel, y yo me uní a las alabanzas.

—Tengo entendido que ha triunfado en todos los lugares donde ha estado —añadió Norton—. Ha tenido éxito en todas sus empresas. Tiene la cabeza clara, sabe lo que quiere y es un hombre de acción, de los que se salen con la suya.

—Algunos hombres son así —opinó Luttrell—. Son emprendedores y saben cómo alcanzar el éxito. Nunca les sale nada mal. Tienen toda la suerte del mundo.

Norton meneó la cabeza al oír la opinión del coronel.

—No, no, señor. No es suerte. —Citó con mucha intención—: «No está en las estrellas, querido Bruto, sino en nosotros mismos».

—Quizá tenga usted razón —admitió el coronel.

—En cualquier caso, ha tenido la suerte de heredar Knatton —señalé—. ¡Qué lugar! Claro que tendría que casarse. ¡Nadie podría vivir solo en semejante mansión!

—¿Casarse y llevar una vida hogareña? —preguntó Norton en un tono risueño—. Supongamos que le sale una sargento por mujer.

Fue pura mala suerte. Uno de esos comentarios que puede hacer cualquiera. Pero fue desafortunado, dadas las circunstancias, y Norton se dio cuenta en el acto. Intentó contener las palabras incluso cuando las soltaba, vaciló, tartamudeó, y después calló, avergonzado.

Para complicar todavía más las cosas, los dos comenzamos a hablar al mismo tiempo. Hice algún comentario idiota sobre la luz del atardecer y Norton mencionó algo referente a la partida de bridge de después de la cena.

El coronel no hizo el menor caso a nuestras tonterías y manifestó con una voz inexpresiva:

—No, Boyd Carrington no tendrá problemas con

su esposa. No es de la clase de hombres que se dejan mandar. Es un tipo hecho y derecho. ¡Es todo un hombre!

Fue muy embarazoso. Norton volvió al tema del bridge. Mientras hablaba, una paloma torcaz voló por encima de nuestras cabezas y fue a posarse en una rama de un árbol no muy lejano.

—Ahí está otra de esas condenadas —dijo Luttrell, empuñando el arma.

Sin embargo, antes de que pudiera hacer puntería, el pájaro remontó el vuelo y se perdió entre los árboles. Pero, al mismo tiempo, el coronel advirtió un movimiento entre la hierba alta cerca del huerto.

—Maldita sea, hay un conejo comiéndose la corteza de los árboles frutales que acabo de plantar. Creía que había vallado la zona.

Levantó la carabina y disparó. Fue entonces cuando vi...

Se oyó el grito de una mujer que se interrumpió con un horrible gorgoteo.

El coronel soltó la carabina, aflojó todo el cuerpo, se mordió el labio inferior.

—¡Dios mío, es Daisy!

Yo ya corría a través del jardín. Norton me pisaba los talones. Llegué al lugar y me arrodillé. Se trataba de la señora Luttrell. Debía de estar de rodillas, amarrando una estaca a uno de los árboles jóvenes. La hierba era muy alta y me di cuenta de que el coronel no la había visto, que solo había advertido el movimiento de la hierba. Además, la luz era escasa. Había recibido el disparo en el hombro y la sangre manaba a borbotones.

Examiné la herida y miré a Norton. Estaba apoyado

en un árbol, con el rostro de un color verdoso y parecía estar a punto de vomitar.

—No soporto la sangre —comentó.

—Vaya a por Franklin ahora mismo —le ordené—, o a por la enfermera.

Salió corriendo en busca de ayuda.

La enfermera Craven fue la primera en aparecer. No tardó ni un par de minutos y de inmediato se ocupó de contener la hemorragia. Franklin tardó muy poco más en presentarse. Entre ambos recogieron a la herida y la llevaron hasta su habitación. Franklin acabó de hacer las primeras curas, mandó llamar al médico de la familia y ordenó a la enfermera que se quedara con la señora Luttrell.

Me crucé con Franklin cuando colgaba el teléfono.

—¿Cómo está?

—Se recuperará sin problemas. La bala no ha afectado a ningún órgano vital. ¿Cómo ha ocurrido?

Se lo expliqué.

—Comprendo. ¿Dónde se encuentra el coronel? Supongo que lo estará pasando muy mal. Probablemente necesitará más atención médica que su esposa. No creo que su corazón esté para muchos trotes.

Encontramos al coronel en la sala de fumadores. La piel de alrededor de sus labios tenía un color azulado y parecía alelado.

—Daisy... ¿Cómo está Daisy?

—Está bien, señor —respondió Franklin—. No se preocupe.

—Creí que era un conejo que se comía la corteza. No sé cómo cometí semejante error. La luz me daba en los ojos.

—Estas cosas ocurren —afirmó el médico en tono seco—. He visto más de un caso. Le daré un tranquilizante. No parece usted sentirse muy bien.

—Estoy bien. ¿Puedo verla?

—Ahora no. Está con la enfermera Craven. No se preocupe. Se recuperará. Dentro de unos minutos vendrá el doctor Oliver y le dirá lo mismo.

Los dejé que conversaran a solas y salí a la galería. Judith y Allerton venían en dirección a la casa, conversando alegres.

Ver lo bien que se lo pasaban juntos cuando había estado a punto de ocurrir una tragedia irreparable me puso muy furioso. Llamé a Judith de muy mal talante y ella me miró sorprendida. Los puse al corriente de lo sucedido.

—Hay que ver qué cosas tan raras ocurren —comentó mi hija.

A mí me pareció que mostraba una despreocupación irresponsable.

En cuanto a la reacción de Allerton, fue escandalosa. Pareció tomarse el asunto como algo muy divertido.

—Esa vieja del demonio se lo tiene merecido —opinó—. ¿Cree que el coronel lo hizo adrede?

—Por supuesto que no —repliqué—. Fue un accidente.

—Sí, sí, un accidente. Algunas veces son muy oportunos. Me descubro ante él si lo hizo deliberadamente.

—Está usted en un error —señalé furioso.

—No esté usted tan seguro. Conocí a un par de hombres que les dispararon a sus esposas. Uno mientras limpiaba el revólver. El otro le apuntó con el arma y apretó el gatillo. Dijo que solo había querido gastarle una broma y que no sabía que el arma estaba cargada. Los dos fueron absueltos. Una manera muy práctica de resolver los problemas.

—El coronel Luttrell no es de esa clase de personas.

—No me negará que hubiese sido una liberación —repuso Allerton—. Por cierto, ¿sabe si habían tenido alguna discusión?

Le volví la espalda indignado, pero al mismo tiempo no pude reprimir una sensación de inquietud. Allerton había puesto el dedo en la llaga. La duda apareció en mi mente.

Encontrarme con Boyd Carrington no mejoró las cosas. Me explicó que había ido a dar un paseo por el lago. Cuando le mencioné el suceso, lo primero que dijo fue:

—No creerá que fue un acto deliberado, ¿verdad, Hastings?

—Por favor.

—Perdón, perdón. No tendría que haberlo dicho, pero uno no puede menos que preguntarse... Ella lo provocó, ¿no le parece?

No dijimos nada más mientras recordábamos la desagradable conversación que habíamos oído contra nuestra voluntad.

Subí triste y preocupado a mi piso, y fui a llamar a la puerta de Poirot.

Mi amigo ya estaba al corriente porque se lo había dicho Curtiss, pero estaba ansioso por conocer todos los detalles. Desde mi llegada a Styles, me había acostumbrado a informarle con todo lujo de detalles de mis encuentros y las conversaciones mantenidas. Tenía la impresión de que era una manera de aliviar el aislamiento forzoso de Poirot y de hacerle partícipe de todo lo que ocurría. Siempre he tenido una memoria excelente y no me costaba nada repetir las conversaciones hasta la última coma.

Poirot me escuchó con mucha atención. Yo confiaba en que me aclararía la terrible sospecha que me abrumaba, pero, antes de que pudiera darme su opinión, llamaron a la puerta.

Era la enfermera Craven, que se disculpó por la interrupción.

—Lo siento, pero creía que el doctor se encontraba aquí. La señora está consciente y le preocupa su marido. Quiere verlo. ¿Sabe usted dónde podemos encontrarlo, capitán Hastings? No quiero abandonar a mi paciente.

Me ofrecí a ir a buscarlo. Poirot asintió y la enfermera Craven me dio las gracias.

Encontré al coronel Luttrell en una salita que casi nunca se utilizaba. Estaba de pie junto a la ventana, contemplando el exterior.

Se volvió con brusquedad al oír que entraba. Sus ojos me interrogaron. Me pareció que estaba asustado.

—Su esposa está consciente, coronel, y pregunta por usted.

—Oh. —El color volvió a sus mejillas y entonces me di cuenta de lo pálido que había estado antes. Tembloroso y con un gran esfuerzo, añadió—: ¿Pregunta por mí? Aho... ahora mismo... voy.

Se encontraba tan mal que caminó hacia la puerta arrastrando los pies. Lo ayudé, y se apoyó en mí para subir la escalera. Le costaba trabajo respirar. El *shock*, como había avisado Franklin, era importante.

Llegamos a la puerta de la habitación de la señora Luttrell. Llamé y se oyó el «adelante» de la enfermera Craven.

Abrí la puerta y entramos. Habían colocado un biombo delante de la cama.

La mujer tenía muy mal aspecto: el rostro pálido, los ojos cerrados. Los abrió cuando aparecimos por una esquina del biombo.

—George..., George —dijo con una voz apenas audible.

—Daisy..., querida mía...

La pobre mujer tenía un brazo vendado y en cabestrillo. Movió el otro despacio hacia el coronel, que se acercó y cogió la mano pequeña y delicada entre las suyas.

—Daisy... —repitió, para después añadir con voz ronca—: Gracias a Dios que estás bien.

Al mirarlo y ver sus ojos, por los que asomaban lágrimas, y el profundo amor que se reflejaba en su rostro, me arrepentí con amargura de mis negros pensamientos.

Salí de la habitación en silencio. Intento de asesinato..., ¡y un cuerno! Nadie podía fingir un agradecimiento tan profundo. Me sentí inmensamente aliviado.

El sonido de la campanilla me sorprendió mientras caminaba por el pasillo. Me había olvidado por completo de qué hora era. El accidente lo había trastocado todo. Solo la cocina había continuado con su rutina y tenía preparada la cena para la hora habitual.

La mayoría de nosotros nos sentamos a la mesa sin cambiarnos. El coronel Luttrell no se presentó. En cambio, la señora Franklin, muy atractiva, con un vestido de noche rosa pálido, bajó por una vez y parecía estar muy alegre. Su marido, al contrario, se mostró taciturno.

Después de comer y con gran enfado por mi parte, Allerton y Judith se marcharon juntos al jardín. Me quedé y oí cómo Franklin y Norton charlaban sobre enfermedades tropicales. Norton se mostraba como un oyente atento e interesado, aunque no sabía gran cosa del tema.

La señora Franklin y Boyd Carrington conversaban con animación en el otro extremo de la sala. Sir William le enseñaba unas muestras de telas de cortina.

Elizabeth Cole parecía muy concentrada en la lectura de un libro. Se me ocurrió que quizá se sentía un poco incómoda conmigo, y no le faltaban motivos, después de las confidencias que habíamos compartido por la tarde. De todas maneras, confié en que no se arrepintiera de habérmelo contado. Me hubiera gustado tranquilizarla y decirle que no traicionaría su confianza. Sin embargo, no tuve oportunidad, así que al cabo de un rato subí a ver a Poirot.

Me encontré al coronel Luttrell sentado junto al lecho de mi amigo. El coronel hablaba y Poirot escuchaba, aunque me pareció que Luttrell hablaba más para sí mismo que para su interlocutor.

—Lo recuerdo como si fuese ahora; sí, fue en un baile. Ella llevaba un vestido de tela blanca, creo que se llama tul. Flotaba como una nube a su alrededor. Una muchacha tan bonita... Fue un flechazo. Me dije a mí mismo: «Esa es la muchacha con la que me quiero casar», y por todos los santos que lo conseguí. Era un encanto, atrevida y muy graciosa.

Me imaginé la escena. Vi a Daisy Luttrell con su joven cara insolente y la lengua rápida, tan encantadora entonces, y tan capaz de convertirse en una bruja con los años.

Pero era en aquella muchacha, su primer y gran amor, en la que estaba pensando el coronel Luttrell esta noche. En su Daisy.

Una vez más, me sentí avergonzado por lo que habíamos dicho unas horas antes.

Por supuesto, en cuanto el coronel se retiró, se lo conté todo a Poirot.

Me escuchó muy atentamente, y no pude deducir cuáles eran sus pensamientos por la expresión de su rostro.

—O sea, ¿que eso es lo que pensó, Hastings, que el disparo no fue accidental?

—Sí. Ahora me avergüenzo...

Poirot descartó mis sentimientos con un ademán.

—¿Se le ocurrió a usted solo o alguien se lo sugirió?

—Allerton dijo algo al respecto —manifesté resentido—. Claro que es algo lógico siendo como es.

—¿Alguien más?

—Boyd Carrington también lo sugirió.

—¡Ah! Boyd Carrington.

—Después de todo, es un hombre de mundo y tiene experiencia en estas cosas.

—Me lo figuro. Sin embargo, él no presenció el incidente, ¿verdad?

—No, había ido a dar un paseo. Un poco de ejercicio antes de cambiarse para la cena.

—Comprendo.

—En realidad, no me lo creí. Solo fue...

Poirot me interrumpió.

—No sienta remordimientos, Hastings. Fue una idea que se le hubiera podido ocurrir a cualquiera dadas las circunstancias. Oh, sí, todo fue muy natural.

Había algo en la actitud de Poirot que no acababa de entender. Una reserva. Sus ojos me miraban con una expresión curiosa.

—Quizá —dije—, pero al ver ahora lo mucho que la quiere...

—Exacto —afirmó Poirot—. Ese es a menudo el caso, no lo olvide. Detrás de las peleas, de los malentendidos, de la aparente hostilidad en el trato de cada día, puede existir un afecto verdadero.

Estuve de acuerdo. Recordé la mirada afectuosa de la señora Luttrell mientras su marido se acercaba a la cama. Se habían esfumado los malos gestos, la impaciencia, el mal genio.

La vida matrimonial, me dije mientras me acostaba, era algo muy curioso.

Aquella reserva de Poirot seguía preocupándome. Aquella curiosa y vigilante mirada, como si estuviera esperando que me diera cuenta... ¿de qué?

No había acabado de apoyar la cabeza en la almohada cuando se hizo la luz. Fue como recibir un golpe en medio de la frente.

Si la señora Luttrell hubiera muerto, entonces habría sido un caso como todos los demás. El coronel Luttrell hubiese sido, aparentemente, el culpable de matar a su esposa. Se habría considerado un accidente, aunque al mismo tiempo nadie hubiera podido asegurar que lo era, o si había sido intencionado. No habrían dispuesto de pruebas suficientes para una acusación de asesinato, pero sí de las suficientes como para sospecharlo.

Entonces esto significaba..., esto significaba...

¿Qué significaba?

Significaba, si tal cosa tenía algún sentido, que no había sido el coronel quien había disparado contra su esposa, sino X.

Desde luego, era imposible. Había presenciado todo

el episodio. Había visto al coronel disparar la carabina. No se había efectuado ningún otro disparo.

A menos... No, otro imposible. Claro que quizá no tan imposible, sino solamente poco probable. Pero posible, sí... Bien podía ser que algún otro esperara el momento oportuno y, en el mismo instante en que el coronel disparó (contra el conejo), el desconocido disparara contra la señora Luttrell. Entonces habríamos oído un único disparo. O si había una leve discrepancia, la habríamos atribuido al eco.

Otra vez no, era absurdo. Había medios para saber con exactitud el arma que había disparado un proyectil determinado. Bastaba con verificar si las muescas en el proyectil coincidían con las estrías en el cañón del arma.

Pero esto solo se haría en el caso de que la policía necesitara saber con qué arma se había efectuado el disparo. Aquí no había ninguna duda, porque el coronel estaba tan seguro como todos los demás de que había sido él quien había disparado. El hecho sería admitido sin discusión; no se pedirían más pruebas. La única duda sería si el disparo había sido accidental o si había habido una intención homicida, una pregunta que quedaría sin respuesta.

Por lo tanto, este caso era exactamente como los otros: como el de Riggs, que no recordaba haberlo hecho, pero que creía ser el asesino; como el de Maggie Litchfield, que se había vuelto loca y se había confesado autora de un crimen que no había cometido.

Sí, este caso era idéntico a los demás y ahora comprendía la actitud de Poirot. Esperaba que me diera cuenta del hecho.

Capítulo 10

1

Abordé el tema a la mañana siguiente, y el rostro de Poirot se iluminó con una expresión satisfecha.

—Excelente, Hastings. Me preguntaba si vería usted la similitud. No le di más pistas porque quería que llegara a la conclusión por su cuenta.

—Entonces tengo razón. ¿Es otro caso de X?

—Indudablemente.

—Pero ¿por qué, Poirot? ¿Cuál es el motivo?

Poirot meneó la cabeza.

—¿No lo sabe? ¿No tiene alguna idea? —insistí.

—Sí, tengo una idea —respondió Poirot.

—¿Ha descubierto la relación entre todos estos casos?

—Creo que sí.

—Pues dígamela —le rogué sin poder contener la impaciencia.

—No, Hastings.

—Necesito saberla.

—Le conviene mucho más no saberla —replicó Poirot.

—¿Por qué?

—Tendrá que conformarse con mi palabra.

—Es usted incorregible. Imposibilitado por la artritis, sentado aquí indefenso y, sin embargo, insiste en hacerlo todo usted solo.

—No lo crea. En absoluto. Usted tiene mucho que ver en todo esto, Hastings. Usted reemplaza mis ojos y mis oídos. Solo me niego a facilitarle una información que podría ser peligrosa.

—¿Para mí?

—Para el asesino —respondió Poirot.

—¿Quiere que él no sospeche que le sigue el rastro? Supongo que esa es la razón. De lo contrario, creeré que no me considera capacitado para cuidar de mí mismo.

—Hay una cosa que debe usted tener presente, Hastings. Un hombre que ha matado una vez volverá a matar todas las veces que sean necesarias.

—En cualquier caso —repliqué con gravedad—, esta vez no ha muerto nadie. La bala falló el blanco.

—Sí, fue algo muy afortunado. Como le dije, estas cosas son muy difíciles de prever.

Exhaló un suspiro. En su rostro apareció una expresión preocupada.

Me marché en silencio, apesadumbrado al ver que Poirot ya no podía realizar un esfuerzo continuo. Su cerebro seguía funcionando a la perfección, pero era un hombre enfermo y cansado.

Poirot me había advertido de que no intentara desenmascarar a X. Por mi parte, me aferraba a la convicción de que había descubierto quién era. Solo había una persona en Styles que me parecía definitivamente malvada. Me bastaría una sola pregunta para asegurarme. La prueba podría ser negativa, pero, así y todo, tendría un valor.

Me acerqué a Judith después del desayuno.

—¿Dónde estabas ayer por la tarde antes de que me cruzara contigo y con el comandante Allerton?

El problema cuando te interesa una cosa es que tiendes a olvidar las demás. Me sorprendí mucho cuando Judith me respondió furiosa:

—La verdad, papá: no es asunto tuyo.

La miré, sin comprender su enfado.

—Solo preguntaba.

—Sí, pero ¿por qué? ¿Por qué tienes que interrogarme siempre? ¿Qué hacía? ¿Dónde estaba? ¿Con quién estaba? ¡Es intolerable!

Lo más divertido de todo era que, por supuesto, esta vez no me interesaban las actividades de Judith. Solo quería saber qué había hecho Allerton. Intenté calmarla.

—No entiendo por qué no puedo hacerte una pregunta tan sencilla.

—No entiendo por qué quieres saberlo.

—No tengo ningún interés especial. Solo me preguntaba cómo es posible que ninguno de los dos supierais lo que había pasado.

—¿Te refieres al accidente? Fui al pueblo, si tanto te empeñas en saberlo, para comprar sellos.

—O sea, que Allerton no estaba contigo, ¿no?

Judith soltó una exclamación de enfado.

—No, no estaba conmigo —contestó furiosa—. Nos encontramos muy cerca de la casa y solo un par de minutos antes de verte a ti. Espero que estés satisfecho. Pero quiero dejar una cosa bien clara: si quisiera pasarme todo el día paseando con el comandante Allerton, eso no sería asunto tuyo. Tengo veintiún años, me gano la vida, y lo que haga con mi tiempo es asunto exclusivamente mío.

—Por completo de acuerdo —me apresuré a responder para calmar su furia.

—Me alegra saberlo. —Judith pareció tranquilizarse. Me miró con una sonrisa triste—. Por favor, no te comportes como un padre pesado. No sabes lo molesto que es. No hace falta que te preocupes tanto.

—Te lo prometo.

En aquel momento apareció Franklin.

—Hola, Judith. Vamos. Es más tarde de lo habitual.

Sus modales eran bruscos y muy poco educados. A pesar de mi buena voluntad, me enfadé. Sabía que Franklin era el jefe de Judith, que tenía un derecho sobre su tiempo y que, como le pagaba un sueldo, podía darle órdenes. Sin embargo, no comprendía por qué no se comportaba con un mínimo de cortesía. En los últimos días, el tema había ido de mal en peor y sus modales eran casi dictatoriales. Apenas si la miraba y su voz, cuando le daba órdenes, sonaba como un ladrido. A Judith no parecía molestarle, pero a mí sí. Se me pasó por la cabeza que era algo muy lamentable porque aumentaba el contraste con las exageradas atenciones de Allerton. No había ninguna duda de que Franklin valía diez veces más que Allerton, pero no era rival en lo que se refería a atractivo personal.

Observé a Franklin mientras se alejaba camino del laboratorio: su falta de garbo al andar, el cuerpo huesudo, los pómulos salientes, el pelo rojo y las pecas. Un hombre feo y desmañado, carente de las cualidades más obvias. Una inteligencia de primera, pero las mujeres casi nunca se fijan únicamente en la inteligencia. Me dije, apenado, que Judith, debido a las circunstancias de su trabajo, casi nunca tenía contacto frecuente con otros hombres. No tenía la oportunidad de comparar. Estaba muy claro que los vulgares encantos de Allerton debían de parecerle maravillosos en comparación con la hosquedad de su jefe. Mi pobre niña no tenía ocasión de apreciar a Allerton en su justo valor.

¿Qué pasaría si ella se hubiera enamorado de verdad? El enfado que acababa de demostrar era una señal inquietante. Allerton era un sinvergüenza y quizá algo peor. Si Allerton era X...

Podía serlo. No había estado con Judith cuando dispararon.

¿Cuál sería el motivo de esos crímenes en apariencia inútiles? Estaba seguro de que Allerton no era un loco. Era un tipo cuerdo y sin escrúpulos, y Judith, mi Judith, lo trataba cada vez más.

2

Hasta este momento, aunque había estado un tanto inquieto por mi hija, mi preocupación por lo que pudiera hacer X y la posibilidad de que alguien resultara asesinado habían apartado de mi mente otros problemas más personales.

Ahora que ya había asestado el golpe, que ya había intentado el crimen y que por fortuna había fracasado, me permití reflexionar sobre aquellos problemas y, cuanto más lo hacía, mayor era mi ansiedad. Una palabra oída al azar me reveló que Allerton era un hombre casado.

Boyd Carrington, que lo sabía todo de todo el mundo, me explicó más cosas. La esposa de Allerton era una católica devota. Lo había abandonado poco después de casarse y, debido a su religión, nunca se había planteado el tema del divorcio.

—Si me lo pregunta —manifestó sir William con toda sinceridad—, le diré que a ese sinvergüenza le viene de perlas. Sus intenciones son siempre deshonrosas, y tener una esposa le evita un montón de problemas.

¡Una agradable noticia para un padre!

Los días posteriores al accidente se sucedieron sin sobresaltos aparentes, pero pensar en Allerton era algo que no me daba paz.

El coronel Luttrell pasaba la mayor parte del tiempo en el dormitorio de su esposa. Había llegado otra enfermera para cuidar de la paciente, y la señorita Craven volvió a atender a la señora Franklin.

Aunque no quiero parecer un malpensado, debo admitir que observé la irritación de la señora Franklin por no ser la inválida *en chef*. Todas las atenciones de que era objeto la señora Luttrell desagradaban profundamente a la dama, acostumbrada a que su salud fuera el tema principal del día.

Yacía en una tumbona, con una mano sobre el pecho, quejándose de palpitaciones. Ninguna comida era de su agrado y manifestaba sus problemas en un tono de sufrida paciencia.

—Detesto quejarme —le murmuró lastimeramente a Poirot—. Me siento muy avergonzada por mi mala salud. Es tan humillante tener que pedir a los demás que hagan cosas por mí... Algunas veces creo que tener una salud precaria es un crimen. Los que tenemos mala salud no somos dignos de este mundo y nos tendrían que rematar.

—Ah, no, madame —exclamó Poirot siempre galante—. Las flores exóticas y delicadas necesitan la protección del invernadero; no pueden soportar los vientos helados. Es la hierba vulgar la que prospera en cualquier terreno, pero no por eso tiene más valor. Considere mi caso: artrítico, viejo, incapaz de moverme, pero no pienso en renunciar a la vida. Disfruto de lo que me queda: la comida, la bebida, los placeres del intelecto.

—Ah, pero para usted es diferente —afirmó la señora Franklin con un suspiro—. Usted solo tiene que pensar en sí mismo. En mi caso, está el pobre John. Soy consciente de que represento una carga. Una esposa enferma e inútil. Una losa colgada de su cuello.

—Estoy seguro de que nunca ha dicho tal cosa.

—Decirlo no. Por supuesto que no. Pero los hombres son transparentes. John no sabe disimular sus sentimientos. No pretende ser poco compasivo, pero tiene la fortuna de ser una persona insensible. No tiene sentimientos y tampoco espera que los demás los tengan. Es una suerte carecer de ellos.

—Yo no describiría al doctor Franklin como una persona sin sentimientos.

—¿No? Eso es porque no lo conoce tan bien como yo. Por supuesto, sé que sin mí sería mucho más libre. Algunas veces me deprimo tanto que pienso en el alivio que sería desaparecer para siempre.

—Por favor, madame...

—Después de todo, ¿para qué sirvo? Desaparecer para siempre en lo desconocido... —Negó con la cabeza—. Entonces, John volvería a ser libre.

«¡Pamplinas! —opinó la enfermera Craven cuando le repetí la conversación—. No hará nada por el estilo. No se preocupe, capitán Hastings. Todas esas mujeres que hablan de "desaparecer para siempre" con una voz moribunda no tienen la menor intención de hacerlo.»

Debo decir que, en cuanto pasó la exaltación por la herida de la señora Luttrell y la enfermera Craven se dedicó otra vez a ella, los ánimos de la señora Franklin mejoraron notablemente.

Una mañana en la que hacía un sol estupendo y la temperatura era muy agradable, Curtiss llevó a Poirot en la silla de ruedas hasta el bosquecillo de hayas cerca del laboratorio. Era su lugar favorito, protegido del viento del este o de cualquier otra brisa. Poirot aborrecía las corrientes y siempre había mostrado una gran desconfianza ante las bondades del aire fresco. Creo que prefería vivir entre cuatro paredes, pero que había aprendido a tolerar el exterior, siempre y cuando él estuviera bien protegido con varias mantas. Fui a su encuentro y, en aquel mismo instante, vi a la señora Franklin, que salía del laboratorio.

Iba vestida con mucha elegancia y parecía muy alegre. Me explicó que Boyd Carrington la había llevado a ver su casa y le había pedido consejo sobre la tela de las cortinas.

—Ayer me dejé el bolso en el laboratorio mientras hablaba con John —explicó—. Pobre, él y Judith han ido a Tadcaster. Se les ha acabado no sé qué reactivo o algo así.

Se sentó junto a Poirot y meneó la cabeza con una expresión risueña.

—Pobrecito mío. Me alegra mucho no ser aficionada

a las ciencias. Todo parece tan pueril cuando descubres que hace un día hermoso...

—No diga nunca eso delante de un científico, madame.

—No, por supuesto que no. —En el rostro de la señora Franklin apareció una expresión grave—. No debe usted creer, monsieur Poirot, que no admiro a mi marido —añadió en voz baja—. Lo hago. Creo que su dedicación al trabajo es admirable.

Su voz tembló un poco, y a mí se me pasó por la cabeza que a la señora Franklin le gustaba interpretar diversos personajes. En este momento, hacía el papel de esposa leal y sacrificada.

—John es algo así como un santo —manifestó, apoyando una mano en el brazo de Poirot—. Algunas veces me asusta.

Decir que Franklin era un santo me pareció un tanto exagerado, pero Barbara Franklin continuó con los ojos brillantes:

—Es capaz de cualquier cosa, de correr cualquier riesgo, en beneficio del avance de la ciencia. Eso está muy bien, ¿no le parece?

—Por supuesto —respondió Poirot apresuradamente.

—Pero hay veces en las que me ha puesto muy nerviosa. No hay nada que le asuste. Ahora mismo, con todos esos experimentos que hace con esa cosa horrible, esa semilla o como se llame, tengo miedo de que decida hacer de conejillo de Indias.

—Si lo hace, no dudo de que tomará todo tipo de precauciones —opiné.

—Usted no conoce a John —replicó la señora Franklin

con una sonrisa triste—. ¿Está enterado de lo que hizo con aquel gas nuevo?

Negué con la cabeza.

—Necesitaban probar los efectos de un gas en los seres humanos y John se ofreció voluntario. Lo encerraron en un tanque durante treinta y seis horas, y le controlaban el pulso, la temperatura y la respiración, para saber cuáles eran los efectos secundarios y si eran los mismos en los humanos que en los animales. Uno de los profesores me dijo que fue algo muy peligroso. Podría haber muerto. Pero John es de esas personas. Le trae sin cuidado su seguridad. Creo que es maravilloso. Yo nunca tendría tanto valor.

—Hace falta tener mucho coraje para hacer esas cosas a sangre fría.

—Sí, así es. Me siento muy orgullosa, pero al mismo tiempo me inquieta. Porque, más allá de un límite, ya no sirven los conejillos de Indias ni las ratas. Es necesario conocer la reacción en los humanos. Por eso me aterroriza la posibilidad de que John decida probar los efectos de esa semilla del juicio divino y que ocurra algo irreparable. —Exhaló un suspiro y meneó la cabeza—. Él se ríe de mis temores. Es lo más parecido a un santo que conozco.

En aquel momento apareció Boyd Carrington.

—Hola, Babs, ¿preparada?

—Sí, Bill. Te estaba esperando.

—Espero que no te canses demasiado.

—Por supuesto que no. Hoy me siento mejor que nunca.

Barbara se levantó y, después de dedicarnos una hermosa sonrisa, se marchó con su escolta.

—El doctor Franklin..., un santo moderno... —comentó Poirot.

—Un curioso cambio de actitud —repliqué—, pero creo que la dama es así.

—¿Cómo cree que es ella?

—Le gusta desempeñar diversos personajes. Un día es la esposa incomprendida y abandonada; luego, la mujer que sufre, se sacrifica y detesta ser una carga para el hombre que ama. Hoy es la fiel adoradora del héroe. El problema es que todos los personajes resultan un tanto exagerados.

—Usted considera que la señora Franklin es tonta, ¿verdad? —dijo Poirot pensativamente.

—No diría tanto, aunque reconocerá que no es una persona de un intelecto brillante.

—Ah, ella no es su tipo.

—¿Cuál es mi tipo? —pregunté con vivacidad.

—Abra la boca, cierre los ojos y vea lo que le traen las hadas —respondió Poirot, y sus palabras me desconcertaron.

Me callé la respuesta al ver que se acercaba la enfermera Craven casi a la carrera. Nos obsequió con una brillante sonrisa, abrió la puerta del laboratorio, entró y volvió a salir al cabo de un momento con un par de guantes.

—Primero el pañuelo y ahora los guantes —comentó, mientras se alejaba a toda prisa hacia el lugar donde la esperaban Barbara Franklin y Boyd Carrington.

Me dije que la señora Franklin era de aquellas mujeres irresponsables que siempre se dejaban las cosas, que se despreocupaban de sus posesiones y esperaban que los demás las recogieran como si fuera su obligación, e incluso, pensé, se sentía orgullosa de su comportamiento. La había oído en más de una ocasión murmurar complacida: «Por supuesto, tengo la cabeza como un "colador"».

Miré a la enfermera Craven, que corría por el césped, hasta que la perdí de vista. Corría bien, tenía un cuerpo vigoroso y bien equilibrado.

—Creo que una muchacha tiene que acabar harta de una vida así —manifesté sin poder contenerme—. Me refiero a que no trabaja mucho como enfermera. La mayor parte del tiempo se dedica a llevar y traer cosas. No creo que la señora Franklin sea una persona muy considerada o bondadosa.

La respuesta de Poirot fue muy irritante. Sin ninguna razón aparente, cerró los ojos y murmuró:

—Pelo rojizo.

No había ninguna duda de que la enfermera Craven tenía el pelo rojizo, pero no veía la razón para que Poirot lo mencionara ahora. Guardé silencio.

Capítulo 11

Creo que fue a la mañana siguiente, antes de la comida, cuando tuvo lugar una conversación que me dejó un tanto inquieto.

Éramos cuatro: Judith, Boyd Carrington, Norton y yo.

No recuerdo exactamente cómo surgió el tema, pero comenzamos a hablar a favor y en contra de la eutanasia.

Boyd Carrington, como era natural, llevaba la voz cantante; Norton intercalaba unas palabras de vez en cuando, y Judith seguía la discusión en silencio, pero muy atenta.

Por mi parte, confieso que, si bien estaba a favor de tal práctica, había una parte sentimental en mí que la rechazaba. Además, manifesté, significaba dar un poder enorme a los familiares.

Norton se mostró de acuerdo conmigo. Añadió que solo debía hacerse por expreso deseo y voluntad del paciente cuando no había ninguna duda de que la muerte se produciría después de un largo y terrible sufrimiento.

—Ah, pero ahí está lo más curioso del tema —señaló

Boyd Carrington—. ¿Querrá la persona enferma acabar con sus sufrimientos?

Nos contó una historia que, según dijo, era real, la de un hombre que padecía terribles dolores de un cáncer que no se podía operar. El paciente le había suplicado al médico que le diera algo «para acabar de una vez para siempre con tanto padecimiento». El médico le había respondido: «No puedo hacerlo». Sin embargo, cuando ya se retiraba, dejó en la mesita de noche un frasco con pastillas de morfina y le explicó con mucho cuidado cuál era la dosis exacta y cuál era la mortal. Dejó la decisión en manos del enfermo, que podría haber tomado la dosis mortal, pero no lo hizo.

—Esto demuestra —afirmó Boyd Carrington— que, a pesar de sus palabras, el hombre prefirió el sufrimiento a un final rápido y piadoso.

Fue entonces cuando Judith intervino en la conversación, de manera brusca y enérgica:

—Por supuesto. No se podía dejar la decisión en sus manos.

Boyd Carrington le pidió que se explicara.

—Quiero decir que cualquiera que es débil, que sufre y está enfermo, no puede tener la suficiente fuerza de voluntad para tomar una decisión; no puede. Alguien tiene que tomarla por ellos. Es el deber de aquellos que los quieren.

—¿Deber? —pregunté con dureza.

—Sí, deber —afirmó Judith—. Alguien que tenga la mente clara y que esté dispuesto a asumir la responsabilidad.

—¿Para acabar después en el banquillo, acusado de asesinato?

—No necesariamente. En cualquier caso, si amas a alguien, tienes que correr el riesgo.

—Oiga, Judith —intervino Norton—, lo que sugiere significa estar dispuesto a asumir una responsabilidad terrible.

—No lo creo. Las personas tienen demasiado miedo a la responsabilidad. Si la asumen cuando se trata de un perro, ¿por qué no lo hacen cuando se trata de un ser humano?

—Es diferente, ¿no?

—Sí, es más importante.

—Me asombra —murmuró Norton.

—Usted asumiría el riesgo, ¿no es así? —preguntó sir William con evidente curiosidad.

—Creo que sí. No me asusta asumir riesgos.

—No funcionaría —opinó Boyd Carrington, negando con la cabeza—. No puede ser que haya personas que se tomen la ley por su mano y decidan en cuestiones de vida y muerte.

—¿Sabe una cosa, Boyd? Creo que la mayoría de las personas no tienen el coraje suficiente para asumir tal responsabilidad —afirmó Norton. Le sonrió a Judith—. No creo que usted lo hiciera si se presentara el caso.

—No lo sé, por supuesto, pero creo que lo haría.

—No, a menos que tuviera alguna cuenta pendiente —dijo Norton, guiñándole un ojo.

A Judith no le hizo ninguna gracia el comentario de Norton.

—Eso deja bien claro que usted no entiende nada —afirmó la muchacha en tono apasionado—. Si tuviera un motivo personal, no haría nada. ¿No lo ven? —Nos miró a todos—.Tiene que ser algo absolutamente impersonal. Solo se puede tomar la responsabilidad de acabar con una vida si se está absolutamente seguro de que se obra sin ningún interés personal.

—En cualquier caso, usted no lo haría —insistió Norton.

—Lo haría. En primer lugar, no tengo a la vida por algo tan sagrado como sostiene la mayoría. Las vidas inútiles tendrían que ser eliminadas. Hay tanto desorden... Solo tendrían que seguir viviendo aquellos que hacen una contribución decente a la comunidad. Los otros tendrían que morir sin dolor. —Miró a Boyd Carrington como si pidiera su ayuda—. Usted está de acuerdo conmigo, ¿verdad?

—Al menos, en el concepto. Solo los aptos tendrían que sobrevivir —manifestó sir William con voz pausada.

—¿No se tomaría la justicia con sus propias manos si fuera necesario?

—Tal vez, no lo sé.

—Hay muchísima gente que estaría de acuerdo con usted en teoría, pero en la práctica haría otra cosa.

—Eso no es lógico.

—Por supuesto que no —señaló Norton impaciente—. Es una cuestión de coraje. La mayoría no tiene arrestos.

Judith no hizo ningún comentario.

—Estoy seguro, Judith —añadió Norton—, de que pertenece usted a esa mayoría. No tendría el coraje para hacerlo si se le presentara la ocasión.

—¿No lo cree?

—Estoy seguro.

—Creo que se equivoca, Norton —opinó Boyd Carrington—. Creo que Judith es muy valiente. Por fortuna, no se ha presentado el caso.

Sonó la campanilla que llamaba a los comensales.

Judith se levantó al tiempo que le decía a Norton, recalcando las palabras:

—Se equivoca. Tengo mucho más coraje de lo que usted cree.

Se alejó hacia la casa a paso rápido y Boyd Carrington la siguió, llamándola:

—¡Eh, espéreme, Judith!

Fui tras ellos con una sensación de abatimiento. Norton, que siempre estaba atento a los cambios de humor, se apresuró a consolarme.

—Ella no lo dice en serio —intentó animarme—. Es otra de esas ideas tontas que se tienen en la juventud, pero que nunca se llevan a la práctica. Se quedan en la pura charla.

Me pareció que Judith oía el comentario, porque volvió la cabeza para dirigirnos una mirada furiosa.

—No hay razón para preocuparse de las teorías —añadió Norton en voz baja—. Pero escuche una cosa, Hastings...

—¿Sí?

—No quiero meterme donde no me llaman —indicó Norton con una expresión un tanto inquieta—, pero ¿qué sabe usted de Allerton?

—¿De Allerton?

—Sí, le pido perdón si le parezco un entrometido, pero, con franqueza, si yo estuviese en su lugar, no dejaría que mi hija lo frecuentara demasiado. Tiene una reputación que deja mucho que desear.

—Sé que es un sinvergüenza —repliqué amargamente—. Sin embargo, no es sencillo convencer a una joven de que se comporte como es debido.

—Oh, lo sé. Las muchachas creen que saben cuidarse, y es verdad que la mayoría lo hacen. Pero, verá, Allerton tiene una técnica especial. —Vaciló un momento—. Oiga, creo que es mi obligación decírselo. No lo repita, pero estoy enterado de algo repugnante de verdad.

Me lo contó con pelos y señales, y más tarde tuve la oportunidad de comprobar la veracidad de todos los detalles. Fue un relato que me produjo asco. La historia de una muchacha segura de sí misma, moderna, independiente. Allerton había empleado todas sus artes para seducirla, y después la abandonó. La pobre muchacha se quitó la vida con una sobredosis de somníferos.

Lo más terrible de la historia era que la muchacha parecía un calco de Judith: una joven independiente y muy intelectual. La clase de muchacha que se entrega sin reparos.

Cuando entré en el comedor me dominaba un presentimiento terrible.

Capítulo 12

1

—¿Algo le preocupa, amigo mío? —me preguntó Poirot aquella tarde.

Me limité a responderle con un gesto. Me pareció que no tenía derecho a descargar mis cuitas en Poirot y menos aún cuando no podía ayudarme de ninguna manera.

Judith habría tratado cualquier consejo por su parte con el sonriente desprecio que muestran todos los jóvenes por los aburridos consejos de los viejos.

Judith, mi Judith.

Me resulta difícil describir ahora lo mal que lo pasé aquel día, aunque al recordarlo me inclino por atribuirlo al ambiente de Styles. Era un lugar propicio para los pensamientos más malévolos. No solo se trataba del pasado, sino también de un presente siniestro. Las sombras de un asesinato y de un asesino rondaban por la casa.

Para mí resultaba evidente que Allerton era el asesino

y que Judith se había enamorado del granuja. Me parecía increíble, monstruoso, y no sabía qué hacer.

Fue después de comer cuando Boyd Carrington me llevó aparte. Dio muchos rodeos antes de llegar al tema que quería abordar: «No crea que me estoy metiendo donde no me llaman, pero tendría usted que hablar con su hija. Advertirla. Ya sabe usted la clase de hombre que es Allerton, tiene una pésima reputación y ella parece tragarse el anzuelo».

¡A los hombres sin hijos les resulta tan fácil dar consejos! ¿Advertir a Judith? ¿De qué serviría? ¿No sería empeorar las cosas? Una vez más, eché de menos a mi Cenicienta. Ella hubiera sabido qué hacer, qué decir.

Estuve tentado, lo admito, de no abrir la boca, pero más tarde me dije que eso era pura cobardía. No quería enfrentarme con Judith para poner las cosas en claro. Tenía miedo de mi hermosa hija.

Deambulé por el jardín, dominado por una creciente inquietud. Mis pasos me condujeron hasta la rosaleda, y fue allí donde el destino decidió por mí, porque vi a Judith sentada sola en un banco, y juro que en toda mi vida no había visto una expresión de tanta tristeza en el rostro de una mujer.

Se había esfumado la máscara. Las dudas y una tristeza tremenda se reflejaban con toda claridad.

Me armé de valor. No advirtió mi presencia hasta que me encontré a su lado.

—Judith. Por amor de Dios, Judith, no te lo tomes tan a la tremenda.

Se volvió sorprendida.

—¿Papá? No te he oído llegar.

Antes de que pudiera llevar la conversación al terreno habitual, me apresuré a añadir:

—Mi querida niña, no creas que no lo sé, que no lo veo. Él no lo vale, por favor, créeme, no es digno de ti.

—¿Crees que sabes de verdad de lo que estás hablando? —replicó con la misma expresión de angustia.

—Lo sé. Quieres a ese hombre, hija mía, pero es un sinvergüenza.

Judith me obsequió con una sonrisa sombría que me partió el corazón.

—Quizá eso lo sepa mejor que tú.

—Es imposible. No puedes. ¿Qué esperas conseguir de todo esto, Judith? Es un hombre casado. No hay ningún futuro para ti, excepto el sufrimiento y la vergüenza y, después, el resentimiento hacia ti misma.

Su sonrisa se volvió todavía más triste.

—Hablas con mucha facilidad.

—Abandona, Judith. Renuncia a esta locura.

—¡No!

—No es digno de ti, querida.

—Es lo único que quiero en este mundo —contestó Judith, subrayando las palabras.

—No, Judith, te lo ruego.

La sonrisa se le borró del rostro, reemplazada ahora por una expresión de furia.

—¿Cómo te atreves? ¿Cómo te atreves a interferir? No lo permitiré. No vuelvas a hablarme de esto nunca más. Te odio. Te odio. No es asunto tuyo. Es mi vida y haré lo que quiera con ella.

Se levantó. Me apartó con una mano firme y se marchó sin decir nada más. Desconsolado, la vi alejarse.

2

Un cuarto de hora más tarde, seguía sentado en el banco, aturdido e indefenso, sin poder pensar en lo que podía hacer para enmendar el entuerto.

Fue entonces cuando aparecieron Elizabeth Cole y Norton.

Ahora comprendo que fueron muy amables conmigo. Vieron, sin ninguna duda, que era víctima de una gran perturbación mental. Pero, con mucho tacto, no hicieron ninguna referencia a mi angustia. En cambio, me llevaron con ellos a dar un paseo. Ambos eran amantes de la naturaleza. Elizabeth Cole me señalaba las flores silvestres y me informaba de sus nombres. Norton me ofrecía los prismáticos para que contemplara a los pájaros.

Su charla era amable, relajada, y no iba más allá de las aves y de las flores. Poco a poco, fui volviendo a la normalidad, aunque por dentro me seguía dominando la inquietud.

Además, tenía la sensación, como les ocurre a muchas otras personas, de que cualquier acontecimiento guardaba alguna relación con mi estado particular.

Así estábamos cuando Norton, que miraba a través de los prismáticos, exclamó: «Vaya, qué ejemplar tan curioso de pájaro carpintero. Nunca...», para después interrumpirse bruscamente. Sospeché de inmediato y tendí la mano para hacerme con los prismáticos.

—Déjeme ver —dije en tono imperioso.

Norton no me entregó los prismáticos, sino que se excusó con un leve tartamudeo:

—Creo que he cometido un error. Era un ejemplar común y ha alzado el vuelo.

No pasé por alto su semblante pálido y preocupado, mientras intentaba no mirarnos.

Incluso ahora no creo haberme comportado de una manera poco razonable al pensar que él se había topado con algo que no deseaba que yo viera. Había estado observando un bosquecillo bastante lejano. ¿Qué había visto?

—Déjeme mirar —insistí.

Le arrebaté los prismáticos. Recuerdo que él trató de impedírmelo, pero lo hizo con mucha torpeza.

—No era nada importante —protestó débilmente—. El pájaro ha volado.

Me temblaban las manos mientras ajustaba los prismáticos a mi visión. Eran unos prismáticos de primera. Enfoqué el mismo lugar que más o menos había estado mirando Norton.

Sin embargo, no vi nada, salvo un destello blanco (¿un vestido de mujer?) que desaparecía entre los árboles.

Le devolví los prismáticos a Norton sin decir palabra. Los aceptó sin abrir la boca, pero con la misma expresión preocupada y perpleja.

Regresamos a la casa, y recuerdo que Norton no hizo ni un solo comentario.

3

La señora Franklin y Boyd Carrington llegaron poco después de entrar nosotros en la casa. Sir William la había llevado en su coche a Tadcaster porque ella quería hacer algunas compras.

Lo había hecho a conciencia, me dije al ver la cantidad de paquetes que estaban descargando del coche. La señora Franklin parecía muy animada. Reía y charlaba muy alegre, y sus mejillas mostraban un color muy saludable.

Envió a Boyd Carrington escalera arriba con un paquete muy frágil y yo acepté galantemente otro paquete.

La señora Franklin hablaba con una rapidez y un nerviosismo mayores de lo habitual.

—Hace muchísimo calor, ¿no? Creo que se avecina alguna tormenta. Este tiempo no puede durar mucho más. Dicen que hay escasez de agua, que hay una sequía tremenda. —Miró a Elizabeth Cole—. ¿Qué han estado haciendo? ¿Dónde está John? Dijo que tenía dolor de cabeza y que daría un paseo para ver si se le pasaba. Es algo raro en él que le duela la cabeza. Creo que está preocupado por sus experimentos. No van bien o algo así. Desearía que me hablara un poco más de sus cosas. —Hizo una pausa y esta vez se dirigió a Norton—. Está usted muy callado, señor Norton. ¿Pasa algo? Parece usted asustado. No habrá visto el fantasma de la vieja No-sé-qué...

—No, no —respondió Norton sobresaltado—. No he visto ningún fantasma. Solo estaba pensando en una cosa.

En aquel momento apareció Curtiss empujando la silla de Poirot. Se detuvo en el vestíbulo, dispuesto a subir al detective en brazos hasta la habitación.

Mi amigo, con una mirada alerta, nos observó a todos.

—¿Qué ocurre? —preguntó en tono vivaz—. ¿Ha pasado algo?

Permanecimos en silencio y, al cabo de unos instantes, Barbara Franklin contestó con una risita artificial:

—No, por supuesto que no. ¿Qué iba a pasar? ¿Qué es eso? ¿Truenos? Oh, estoy muy cansada. Ayúdeme a subir esas cosas, capitán Hastings. Muchas gracias.

La escolté escalera arriba y seguimos por el pasillo del ala este, donde estaba su habitación.

La señor Franklin abrió la puerta. Yo estaba detrás de ella, cargado con los paquetes.

La mujer se detuvo con brusquedad en el umbral. Junto a la ventana, la enfermera Craven sujetaba la mano de Boyd Carrington. Sir William volvió la cabeza y soltó una risita culpable.

—Hola, me están leyendo la buena fortuna. Por lo visto, la enfermera Craven es una experta.

—¿De veras? No tenía ni idea. —El tono de la señora Franklin no podía ser más desabrido. Me dio la impresión de que se había enfadado con la joven—. Hágase cargo de estas cosas, enfermera. Después, prepáreme un huevo batido. Estoy muy cansada. Ah, y la botella de agua caliente. Me acostaré cuanto antes.

—Entendido.

La enfermera Craven se puso en marcha, sin mostrar otra cosa que preocupación profesional.

—Por favor, Bill, márchate. Estoy agotada.

—Lo siento mucho, Babs —se disculpó Boyd Carrington visiblemente preocupado—. ¿Ha sido demasiado para ti? Soy un bruto desconsiderado. No tendría que haber permitido que te cansaras tanto.

La mujer le dedicó su mejor sonrisa de mártir.

—No quise decir nada. Detesto ser una carga.

Los dos salimos de la habitación un tanto apesadumbrados y dejamos solas a las mujeres.

—Soy un tonto —se lamentó sir William—. Barbara

Permanecí en silencio. Él podía creer lo que quisiera, pero yo tenía mis propias ideas.

—Comprendo la impotencia y la rabia que siente, pero lo único que se puede hacer en estos casos es admitir la derrota. ¡Acéptelo!

No lo contradije. Le dejé decir todo lo que quisiera, y después me acerqué a la esquina.

Ambos habían desaparecido, pero creí saber dónde los encontraría. Había un cenador en un bosquecillo que no estaba muy lejos. Caminé en aquella dirección. Creo que Norton me acompañaba, aunque no estoy muy seguro. En cuanto me acerqué al cenador, oí voces y me detuve. Era Allerton quien hablaba:

—Bien, querida, entonces ya está. No pongas más pegas. Mañana ve a la ciudad. Yo diré que me marcho un par de días a Ipswich para visitar a un amigo. Tú envía un telegrama desde Londres para decir que unos asuntos te han retenido. Nadie se enterará de una encantadora cena íntima en mi piso. No lo lamentarás, te lo prometo.

Noté que Norton tiraba de mí y, bruscamente, me volví con mansedumbre. Casi me eché a reír al ver su expresión preocupada. Permití que me llevara de vuelta a la casa. Simulé rendirme porque, en aquel momento, sabía muy bien lo que haría.

—No se preocupe, amigo —dije—. Ahora comprendo que no sirve de nada. No puedes controlar la vida de tus hijos. Me rindo.

El alivio que se reflejó en su rostro me pareció ridículo. Al cabo de un rato, anuncié que me iba a la cama. Di como excusa un súbito dolor de cabeza.

Norton no tenía ni la menor sospecha de lo que yo haría.

parecía tan alegre y animada que me olvidé de que está enferma. Confío en que no será nada grave.

—Estará de perlas en cuanto duerma unas horas —respondí mecánicamente.

Boyd Carrington bajó la escalera. Dudé un momento y después me dirigí a mi habitación en el ala oeste. Supuse que Poirot me estaría esperando, pero decidí no entrar. Tenía demasiadas cosas en la cabeza y notaba una sensación extraña en la boca del estómago. Seguí mi camino.

Al pasar delante de la habitación de Allerton, oí voces. No tenía la intención de espiar, pero me detuve de forma instintiva durante un instante. Entonces, sin previo aviso, se abrió la puerta y apareció Judith.

Se quedó de una pieza al verme. La cogí por el brazo y me la llevé a mi habitación. Estaba furioso.

—¿Cómo se te ocurre entrar en la habitación de ese tipo?

Me miró a la cara. No parecía enfadada; su expresión era de una frialdad absoluta. Permaneció en silencio durante unos segundos. La sacudí como si fuera una niña.

—No lo toleraré, te lo advierto. No sabes lo que estás haciendo.

—Creo que tienes una mente de lo más sucia —replicó Judith en tono mordaz.

—No te lo niego. Es un reproche que tu generación le hace a la mía con mucha frecuencia. Nosotros, al menos, teníamos ciertas normas. A ver si lo entiendes de una vez, Judith. Te prohíbo absolutamente que tengas cualquier clase de relación con ese hombre.

Judith continuó mirándome a la cara.

—Comprendo. Así están las cosas, ¿eh? —dijo en voz baja.

—¿Niegas que estás enamorada de él?

—No.

—Sin embargo, no sabes quién es. No puedes saberlo.

Le repetí la historia que me habían contado de Allerton sin saltarme ni una palabra, por dura y soez que fuera.

—Como ves, solo se le puede considerar un desalmado.

Judith mostró una expresión de enfado y desprecio.

—Te aseguro que nunca esperé que fuera un santo —afirmó.

—¿Es que esto no significa nada para ti? Judith, me resulta imposible creer que seas tan depravada.

—Puedes creer lo que más te convenga.

—Judith, tú no tienes..., tú no eres...

Me quedé sin palabras. Judith apartó mi mano.

—Escúchame, papá. Hago lo que quiero. Tú no puedes obligarme y no sirve de nada que protestes. Haré lo que me plazca con mi vida y tú no puedes impedírmelo.

Se marchó de mi habitación hecha una furia.

Me temblaban las piernas. Me senté en una silla. Era peor, mucho peor de lo que creía. Mi pobre hija había perdido la cabeza. No había nadie que pudiera ayudarme. Su madre, la única persona a la que hubiera escuchado, estaba muerta. Todo dependía de mí. Creo que nunca sufrí tanto como en aquellos momentos.

4

Por fin, salí de mi ensimismamiento. Me afeité, me duché, me cambié y bajé a cenar. Creo que me comporté de

una manera muy normal. Nadie pareció notar nada extraño.

En un par de ocasiones vi que Judith me observaba con cierta curiosidad. Sin duda le extrañaba ver lo bien que controlaba mis sentimientos. Sin embargo, por dentro, cada vez estaba más decidido. Lo único que necesitaba era valor, coraje y cerebro.

Después de cenar, salimos a la terraza, contemplamos el cielo, comentamos la presencia de unos negros nubarrones y aventuramos la posibilidad de que descargara una tormenta.

Vi con el rabillo del ojo que Judith se alejaba para desaparecer por una de las esquinas de la casa. Allerton no tardó en seguirla.

Acabé en el acto mi conversación con Boyd Carrington y yo también abandoné la terraza para ir detrás de la pareja.

Creo recordar que Norton intentó detenerme. Me cogió por el brazo y me sugirió que lo acompañara a da[r] un paseo por la rosaleda. No le hice caso.

Todavía se encontraba a mi lado cuando llegué [a la] esquina de la casa.

Allí estaban. Vi el rostro de Judith, a Allerton [se] inclinaba, vi cómo la cogía entre sus brazos y la [besaba.]

Después se separaron rápidamente. Yo a[vancé un] paso. Norton me cogió por el brazo y me obl[igó a retro]ceder.

—Oiga, usted no puede... —comenzó a [decir.]

—Puedo y lo haré —lo interrumpí air[ado.]

—No servirá de nada, mi querid[o amigo. Es una] pena, pero cuando se llega a este pun[to no puede ha]cer nada.

5

Me detuve por un momento en el pasillo. Todo estaba en calma. No había nadie a la vista. Las camas estaban preparadas para los que se retiraban temprano. Norton, que tenía su habitación en este lado de la casa, se encontraba abajo. Elizabeth Cole jugaba al bridge y Curtiss cenaba en la cocina. Tenía todo el lugar a mi disposición.

Me dije que no había trabajado en balde durante tantos años con Poirot. Conocía todas las precauciones que debía adoptar.

Allerton no se reuniría mañana en Londres con Judith.

Allerton no iría mañana a ninguna parte.

Todo el asunto era de una sencillez pasmosa.

Entré en mi habitación para coger el frasco de aspirinas. Después entré en la de Allerton y me dirigí al baño. Las tabletas de Slumberyl estaban en el botiquín. Consideré que ocho bastarían. La dosis indicada era de una o dos como máximo. Por lo tanto, tendría que ser más que suficiente. Allerton había mencionado que la dosis letal estaba muy cerca de la correcta. Leí la advertencia en la etiqueta: «Es peligroso exceder la dosis recomendada».

Sonreí para mis adentros.

Me envolví la mano con un pañuelo y desenrosqué el tapón con mucho cuidado. No debía dejar ninguna huella.

Vacié el tubo. Sí, tenían casi el mismo tamaño que las aspirinas. Metí ocho aspirinas en el tubo y volví a llenarlo con las tabletas del somnífero, reservándome ocho. El tubo tenía el mismo aspecto de antes. Allerton no notaría la diferencia.

Regresé a mi habitación. Tenía una botella de whisky como casi todos los demás huéspedes de la casa. Cogí dos copas y un sifón. Sabía que Allerton era de los que nunca rechazan una copa. Cuando subiera, lo invitaría a tomarse un trago.

Eché las tabletas en una copa y añadí un poco de whisky. Se disolvieron sin problemas. Probé una gota de la mezcla. Quizá un poco amarga, pero nada más. Tenía un plan. Estaría sirviéndome una copa cuando subiera Allerton. Se la entregaría a él y me prepararía otra. Todo muy sencillo y natural.

No podía estar enterado de mis sentimientos, a menos, por supuesto, que Judith se los hubiera comentado. Consideré esta posibilidad durante unos momentos, pero acabé por descartarla. Judith nunca le contaba nada a nadie.

El tipo daría por supuesto que yo desconocía sus intenciones.

Solo podía esperar. Una espera larga, como mínimo una o dos horas. Allerton era de los que nunca tienen ganas de irse a la cama.

Me sobresalté cuando llamaron a la puerta. Era Curtiss. Poirot reclamaba mi presencia.

Entonces caí en la cuenta de mi descuido. ¡Poirot! No había pensado en él ni una sola vez durante toda la velada. Sin duda, se estaría preguntando qué había sido de mí. Me preocupé un poco. En primer lugar, me daba vergüenza no haberle ido a ver y, en segundo lugar, no quería despertar sus sospechas de que hubiera ocurrido algo fuera de lo normal. Seguí a Curtiss.

—*Eh bien!* —exclamó Poirot—. Así que me abandona, *hein?*

Fingí un bostezo y sonreí como disculpándome.

—Lo siento mucho, amigo mío, pero la verdad es que

tengo un dolor de cabeza tremendo. Apenas consigo abrir los ojos. Supongo que es culpa de la tormenta que se avecina. Llevo todo el día aturdido. De hecho, tanto que me olvidé completamente de que no le había dado las buenas noches.

Tal como había anticipado, Poirot mostró su preocupación. Me ofreció remedios. Me acusó de sentarme al aire libre en medio de una corriente (¡en el día más caluroso del verano!). Rechacé las aspirinas con la excusa de que ya me había tomado alguna, pero me fue imposible rechazar una taza de chocolate caliente y muy dulce que me pareció repugnante.

Me la bebí para evitar más discusiones y, después, con las palabras de preocupación y afecto de Poirot resonándome en los oídos, le di las buenas noches.

Volví a mi habitación y cerré la puerta. Al cabo de un rato, la entreabrí con mucho cuidado. Era imposible que no oyera a Allerton en cuanto este pusiera un pie en el pasillo. Pero tardaría en aparecer.

Me senté a esperar. Mientras tanto, pensaba en mi difunta esposa. Una vez llegué a murmurar: «Tú lo comprendes, cariño. Tengo que salvarla». Me había encargado del cuidado de Judith. No podía fallarle. En la quietud de mi cuarto, me pareció que mi Cenicienta estaba muy cerca, como si se encontrase en la habitación. Continué esperando.

Capítulo 13

1

Cuando pasado el tiempo escribes sobre lo que fue un fracaso, resulta un tanto doloroso para tu autoestima.

La verdad es que, después de esperar con tantas ansias a que apareciera Allerton, me quedé dormido.

Supongo que no tiene nada de sorprendente. La noche anterior había dormido poco y mal. Había estado al aire libre todo el día. Estaba exhausto por culpa de la tensión nerviosa provocada por la toma de decisiones. Como si fuera poco la inquietud de la tormenta. Creo incluso que el terrible esfuerzo de pensar también tuvo algo que ver.

La cuestión es que sucedió. Me quedé dormido en la silla y, cuando me desperté, el sol estaba bien alto y trinaban los pájaros. Me dolían todos los huesos, tenía el traje arrugado, notaba un sabor repugnante en la boca y me parecía que la cabeza me iba a estallar en cualquier momento.

En el primer instante me dominó el asombro, después

el enfado conmigo mismo y, por último, un alivio tremendo.

¿Quién escribió «Hasta el día más oscuro desaparecerá si se vive hasta el amanecer»? Una verdad como un templo. Ahora, recuperada la sensatez, veía con toda claridad que me había comportado como un idiota. Como un personaje del más vulgar melodrama, había perdido todo sentido de la proporción y había llegado al punto de decidir que mataría a otro ser humano.

En aquel momento, mi mirada se posó en la copa con la bebida envenenada. Me estremecí, asqueado, y sin perder ni un segundo cogí la copa, fui hasta la ventana y vacié el contenido en el exterior. ¡Estaba claro que anoche había perdido el juicio!

Me sentí mucho mejor después de asearme y fui a ver a Poirot. Siempre se despertaba temprano. Le conté toda la historia con pelos y señales.

Debo decir que fue un gran alivio.

—Ah, las locuras que llega usted a pensar —exclamó, meneando la cabeza—. Me alegro de que esté aquí para confesarme sus pecados. Mi querido amigo, ¿por qué no vino usted anoche para contarme lo que le rondaba por la cabeza?

—Supongo —contesté avergonzado— que no lo hice ante el temor de que quisiera impedírmelo.

—Por supuesto que se lo hubiera impedido. ¿Cree usted que quiero verle colgado por culpa de una sabandija que responde al nombre de comandante Allerton?

—No me hubieran cogido. Tomé todas las precauciones.

—Eso es lo que creen todos los asesinos. ¡Tiene usted la mente de un criminal! Pero permítame decirle, *mon ami*, que no es tan listo como cree.

—Cuidé hasta el último detalle. Borré mis huellas del frasco.

—Eso es. También borró las de Allerton. ¿Qué pasa si lo encuentran muerto? Practican la autopsia y se descubre que murió de una sobredosis de Slumberyl. ¿La tomó por accidente o fue premeditado? *Tiens*, sus huellas no están en el frasco. ¿Por qué no? Da lo mismo que sea un accidente o un suicidio. No tenía ninguna razón para borrar las huellas. Por otro lado, cuando comprobaran el contenido del frasco, encontrarían las aspirinas.

—Todo el mundo tiene aspirinas —protesté débilmente.

—Sí, pero no todos tienen una hija a la que Allerton persigue con intenciones poco honorables, para utilizar una frase pasada de moda. Además, usted y su hija tuvieron una violenta discusión al respecto. Dos personas, Boyd Carrington y Norton, pueden dar testimonio de su rencor hacia la víctima. No, Hastings, las cosas no habrían pintado nada bien para usted. La atención se habría centrado en usted de inmediato y, desde ese momento, se sentiría tan asustado, e incluso dominado por el remordimiento, que cualquier inspector de policía tendría el convencimiento de que usted era el culpable. También es posible que alguien lo hubiese visto cambiar las tabletas.

—Imposible. No había nadie.

—Hay un balcón. Alguien podía estar espiándole desde el otro lado de la ventana, o quizá por el ojo de una cerradura.

—Tiene usted una auténtica manía con los ojos de las cerraduras. Las personas no se pasan el día mirando a través de ellos.

Poirot entornó los párpados y comentó que yo siempre había sido una persona muy confiada.

—Permítame decirle que ocurren cosas muy raras con las llaves en esta casa. A mí me tranquiliza saber que mi puerta está cerrada por dentro, aunque el bueno de Curtiss esté en el cuarto vecino. A poco de estar aquí, desapareció mi llave. Tuve que pedir que me hicieran otra.

—La cuestión es —comenté con un profundo suspiro de alivio, todavía preocupado por mis cosas— que no pasó nada. Es terrible pensar que alguien como yo pueda llegar a esos extremos. —Bajé la voz—. ¿No cree usted que se puede atribuir a que aquí se cometió un asesinato, a que haya algo así como una infección en el aire?

—¿Se refiere usted al virus del asesinato? Es una teoría interesante.

—Las casas tienen su ambiente —añadí pensativo—. Esta casa tiene una historia nefasta.

—Sí. Aquí vivieron personas que deseaban la muerte de alguien. Eso es muy cierto.

—Creo que a mí eso me ha afectado. Pero ahora, Poirot, dígame, ¿qué debo hacer? Me refiero a Judith y Allerton. Hay que acabar con ese asunto. ¿Qué me aconseja?

—Que no haga nada —afirmó Poirot.

—Oh, pero...

—Créame, lo mejor que puede hacer es no interferir.

—¿No cree que tendría...?

—¿Qué puede usted decir o hacer? Judith tiene veintiún años y es responsable de sus actos.

—Tengo la sensación de que si fuera capaz...

—No, Hastings —me interrumpió Poirot—. No se

147

imagine que es usted lo bastante listo, lo bastante astuto o tan dominante como para imponer su personalidad a cualquiera de esas dos personas. Allerton está acostumbrado a tratar con padres furiosos e impotentes, y es muy probable que le resulte divertido. En cuanto a Judith, no es una persona que se deje dominar. Le aconsejaría, si es que me lo permite, que hiciera algo muy diferente. Yo en su lugar confiaría en ella.

Lo miré sin ocultar mi sorpresa.

—Judith —añadió Poirot— es de muy buena pasta. La admiro muchísimo.

—Yo también la admiro —señalé con voz vacilante—, pero tengo miedo.

Poirot asintió vigorosamente.

—Yo también temo por ella, pero no de la misma manera. Tengo muchísimo miedo y me veo impotente. Pasan los días. Nos ronda el peligro, Hastings, y está cada vez más cerca.

2

Sabía tan bien como Poirot que el peligro estaba muy cerca. Tenía mejores razones que él para saberlo por lo que había oído la noche anterior.

Sin embargo, mientras bajaba a desayunar, no dejaba de darle vueltas al consejo de Poirot: «Yo en su lugar confiaría en ella».

Había sido inesperado, pero ahora experimentaba algo muy cercano al consuelo. No tardé mucho en comprobar que el consejo estaba justificado, porque era obvio que Judith había cambiado de opinión y no iría a Londres.

Por el contrario, se marchó con Franklin al laboratorio en cuanto acabaron de desayunar, y estaba claro que los esperaba una larga y agotadora jornada de trabajo.

Me dominó el júbilo después de la locura y la desesperación de la noche anterior. Había dado por hecho que Judith había accedido a las propuestas de Allerton. Pero también era cierto, ahora que lo pensaba, que no la había oído asentir. No, ella era una muchacha honesta y sincera. Había desistido de la cita.

Me enteré de que, tras el desayuno, Allerton se había marchado a Ipswich. Por lo visto, seguía adelante con su plan y daba por hecho que Judith iría a Londres como habían acordado.

«Bien —me dije—, se llevará una desilusión.»

En aquel momento, apareció Boyd Carrington y afirmó en un tono un tanto quejoso que se me veía muy animado esta mañana.

—Sí, he recibido algunas buenas noticias.

Manifestó que no podía decir lo mismo. Le había llamado el arquitecto para informarle de algunos problemas con los contratistas locales, y también había recibido algunas cartas preocupantes. Para colmo, se culpaba de los excesos cometidos por la señora Franklin el día anterior.

No había ninguna duda de que la mujer se estaba resarciendo de su inesperada racha de buena salud. Por lo que me comentó la enfermera Craven, se estaba comportando de una manera francamente insoportable.

La enfermera había tenido que renunciar a su día libre y a una cita con sus amigos, y estaba resentida. Desde primera hora de la mañana, la señora Franklin había pedido sales, botellas de agua caliente, comida y bebidas de una marca determinada, y se mostraba poco dispuesta a que la señorita Craven saliera de la habitación. Se quejaba de una neuralgia, palpitaciones, calambres en los pies y las piernas, escalofríos y no sé cuántas cosas más.

Me atrevo a decir que ni yo ni nadie se la tomaba muy en serio. Lo atribuimos a las tendencias hipocondríacas de la señora Franklin.

El doctor Franklin y la enfermera compartían la misma opinión.

La señorita Craven fue a buscar al doctor Franklin al laboratorio, quien escuchó las quejas de su mujer, le dijo que llamaría al médico del pueblo, algo a lo que ella se negó con rotundidad, así que le preparó un sedante, la tranquilizó lo mejor que pudo y regresó a su trabajo.

—Sabe que ella está fingiendo —afirmó la enfermera.

—¿Cree usted que no le pasa nada?

—La temperatura y el pulso son normales. Solo lo hace para incordiar.

Estaba enfadada y no tuvo ningún reparo en manifestar su opinión.

—Le gusta hacer sufrir a los demás e impedir que se lo pasen bien. Le gusta incordiar a su marido, tenerme a mí corriendo de aquí para allá, y ahora quiere que sir William se sienta mal porque ayer hizo que se fatigara demasiado. Es de ese tipo de personas.

Era obvio que la enfermera estaba harta. Era obvio que la señora Franklin se estaba comportando con ella de una manera muy desagradable. Era de esas mujeres que despiertan el rechazo de enfermeras y sirvientes, no solo por los trastornos que causan, sino también por su manera de hacerlo.

Como dije, nadie se tomó muy en serio su indisposición. Solo Boyd Carrington se comportaba como un chiquillo reprendido con severidad.

Cuántas veces desde entonces he repasado los sucesos de aquel día, en un intento de recordar algo que no nos llamara la atención en su momento, algún pequeño incidente o cualquier detalle extraño en el comportamiento de los huéspedes.

Permítanme que vuelva a repasarlo todo tal cual lo recuerdo.

Boyd Carrington, como he dicho, parecía incómodo y un tanto culpable. Se había convencido de que se había mostrado demasiado activo el día anterior y muy egoísta al no pensar más en la delicada salud de su acompañante. Había subido un par de veces para preguntar por el estado de Barbara Franklin, y la enfermera, que no estaba precisamente de buen humor, le había respondido de una manera bastante brusca. Sir William había ido al pueblo para comprar una caja de bombones. Se la habían devuelto con el mensaje de que la señora Franklin detestaba los bombones.

Un tanto desconsolado, había abierto la caja en el salón de fumar donde estábamos Norton y yo, y los tres nos servimos a placer.

Norton, ahora que lo pienso, estaba preocupado. Se le veía como ausente, y en un par de ocasiones frunció el entrecejo como si le estuviera dando vueltas a algo.

Le apasionaban los bombones y comió muchos, pero distraído.

En el exterior, había descargado la tormenta. Llovía sin cesar desde las diez de la mañana.

Sin embargo, el mal tiempo no había provocado ninguna melancolía entre los presentes. Todos llevaban semanas deseando que lloviera.

Curtiss se encargó de bajar a su amo alrededor de mediodía y lo llevó en la silla de ruedas hasta la sala. Elizabeth Cole no tardó en aparecer para hacerle compañía e interpretó al piano unas cuantas piezas de Bach y Mozart, que eran los compositores favoritos de mi amigo.

Franklin y Judith llegaron alrededor de la una y cuarto. Vi a Judith muy pálida y tensa. No dijo ni una palabra, miró a su alrededor, como perdida en su sueño, y se marchó. Franklin se sentó con nosotros. A él también se le veía cansado y absorto, y parecía muy nervioso.

Recuerdo que comenté que la lluvia era un alivio, y él se apresuró a decir: «Sí, hay ocasiones en las que algo tiene que estallar».

No sé por qué, pero tuve la impresión de que no se refería solo al tiempo. Torpe como era, tropezó con la mesa y volcó la caja de bombones. Con su habitual aire despistado, le pidió disculpas... a la caja.

Tendría que habernos parecido gracioso, pero no lo fue. Se apresuró a recoger los bombones. Norton le preguntó si había sido muy cansada su mañana. Franklin le sonrió con una súbita animación.

—No, no. Acabo de comprender que seguía el camino equivocado. Basta con un proceso mucho más sencillo. Ahora podré usar un atajo.

Se balanceó sobre los pies, con una mirada distante pero decidida.

—Sí, un atajo. Es el mejor camino.

3

Si todos nos mostramos nerviosos y distraídos por la mañana, la tarde en cambio resultó muy agradable. Salió el sol, pero la temperatura descendió. Bajaron a la señora Luttrell de su habitación y la sentaron en la terraza. Estaba en plena forma. Desplegaba todo su encanto y sus buenos modales de una manera mucho menos efusiva, pero con más gracia, y en ningún momento asomó su viejo mal genio. Le lanzó reproches a su marido, pero de un modo dulce y afectuoso, y él estaba radiante. Resultaba un placer verlos en tan buenos términos.

Poirot accedió a salir otra vez; se le veía muy animado. Creo que le agradaba ver a los Luttrell reconciliados. El coronel parecía rejuvenecido. No se mostraba tan vacilante ni se tiraba continuamente del bigote. Incluso sugirió que podríamos jugar al bridge después de la cena.

—Daisy echa de menos las partidas.

—Así es —afirmó la señora Luttrell.

Norton mencionó la posibilidad de que jugar pudiera fatigarla.

—Solo una partida —dijo la señora Luttrell—. Prometo que me portaré bien y que no reñiré al pobre George.

—Querida mía —replicó el coronel—, sé que soy un mal jugador.

—Qué más da. No me pienso privar del placer de reñirte por lo mal que juegas.

Nos echamos a reír.

—Reconozco mis faltas —añadió ella—, y no tengo intención de renunciar a ellas a estas alturas de mi vida. George tendrá que soportarme tal como soy.

El coronel la miró como un joven enamorado.

Creo que verlos tan bien avenidos nos llevó a la discusión sobre el tema del matrimonio y el del divorcio, que tuvo lugar más tarde.

¿Eran más felices los hombres y las mujeres gracias a la facilidad de obtener el divorcio, o por el contrario un período temporal de irritación y distanciamiento, o la intromisión de una tercera persona, daba lugar al cabo de un tiempo a la renovación del afecto y la amistad?

Es extraño ver lo mucho que varían las ideas de cada uno de acuerdo con sus experiencias personales.

Mi matrimonio había sido muy feliz y soy una persona chapada a la antigua, aunque me considero un firme partidario del divorcio; siempre es mejor acabar una cosa del todo y empezar de cero. Boyd Carrington, que había tenido un matrimonio desgraciado, se decantaba por lo sagrado del voto matrimonial. Sentía el máximo respeto por la institución del matrimonio, y lo consideraba la base de la sociedad.

Norton, que nunca se había casado, compartía mi opinión. Franklin, a pesar de ser un representante del pensamiento científico moderno, estaba totalmente en desacuerdo con nosotros. Al parecer, el divorcio iba en contra de sus principios. Había que asumir ciertas responsabilidades. No se podía renunciar al primer tropiezo. Un contrato, afirmó, era un contrato. Nadie nos obliga a asumirlo, y se debe respetar. Cualquier otra cosa conducía al desorden, a cosas poco claras. Recostado en la silla y con sus largas piernas estiradas, opinó:

—El hombre escoge a su esposa y es responsable de ella hasta que muere ella... o él.

—Y algunas veces..., oh, bendita muerte, ¿no? —manifestó Norton en un tono un tanto divertido.

Nos echamos a reír, celebrando su salida.

—No hace falta que opine, muchacho —dijo Boyd Carrington—. Usted nunca se ha casado.

—Creo que ya es demasiado tarde para hacerlo —replicó Norton, meneando la cabeza.

—¿De veras? ¿Está usted seguro? —Boyd Carrington lo miró con una expresión irónica.

En aquel momento se nos unió Elizabeth Cole, que había estado con la señora Franklin.

Me pregunté si eran imaginaciones mías o si Boyd Carrington había mirado a Norton y después a la joven, y si era posible que Norton se hubiera ruborizado.

Eso me dio una nueva idea y observé a Elizabeth Cole inquisitivamente. Era muy cierto que se trataba de una mujer bastante joven. Además, era bella. De hecho, una persona encantadora, capaz de hacer feliz a cualquier hombre. Ella y Norton pasaban mucho tiempo juntos. Se habían hecho amigos en sus paseos para contemplar las flores silvestres y los pájaros. Recordé que Elizabeth había comentado la amabilidad de Norton.

Bien, si era así, me alegraba por ella. Su terrible infancia no le impediría la felicidad. No habría vivido en vano la tragedia que había destrozado su vida. Pensé, mirándola, que desde luego parecía mucho más feliz y también más alegre que cuando la había conocido al llegar a Styles.

Elizabeth Cole y Norton, sí, podía ser.

De pronto, como surgida de la nada, me asaltó una vaga sensación de inquietud. No era seguro, no estaba bien pensar en la felicidad en este lugar. Había algo maligno en el ambiente de Styles. Ahora lo notaba con toda claridad al sentirme viejo y cansado. También sentí miedo.

La sensación desapareció con rapidez. Creo que nadie se dio cuenta, aparte de Boyd Carrington.

—¿Le pasa algo, Hastings? —me preguntó en voz baja.

—No, ¿por qué?

—Verá, tenía usted una expresión...

—Solo fue una sensación, algo así como una premonición.

—¿Una premonición siniestra?

—Sí, si lo quiere llamar de esa manera. La sensación de que estaba a punto de ocurrir algo.

—Es curioso. Yo también he sentido lo mismo en un par de ocasiones. ¿Tiene alguna idea de lo que podría ser?

Me observaba con mucha atención.

Negué con la cabeza. No me preocupaba nada en especial. Solo había notado una oleada de depresión y miedo.

Entonces, Judith salió de la casa sin prisas, con la cabeza bien erguida, los labios apretados, con una expresión grave en su hermoso rostro.

Una vez más me llamó la atención lo poco que se parecía a sus padres. Su aspecto era el de una joven sacerdotisa. Norton también lo notó.

—Tiene usted el mismo aspecto que debía de tener su homónima antes de cortarle la cabeza a Holofernes —afirmó.

Judith sonrió, frunciendo las cejas.

—Ahora mismo no recuerdo por qué quiso hacerlo —replicó.

—Lo hizo guiada por los más altos motivos morales, por el bien de la comunidad.

El leve tono de burla de Norton molestó a Judith. Con el rostro arrebolado, fue a sentarse junto a Franklin.

—La señora Franklin se siente mucho mejor —dijo—. Quiere que esta noche subamos todos a tomar el café a su habitación.

4

La señora Franklin era sin duda una mujer de humor cambiante, pensé, mientras subíamos la escalera. Después de haberles hecho la vida imposible a todos a lo largo del día, ahora era la dulzura en persona.

Nos recibió tendida en el sofá, elegantemente vestida con una bata de color verde claro. A su lado tenía una mesa giratoria con el servicio de café. Con manos hábiles, comenzó a preparar la bebida, con un poco de ayuda de la enfermera Craven. No faltaba nadie, aparte de Poirot, que siempre se retiraba antes de la cena, Allerton, que no había regresado de Ipswich, y el matrimonio Luttrell.

El aroma del café era delicioso. El que servían en Styles era poco más que agua sucia, así que todos esperábamos con ansia probar el café de la señora Franklin, hecho con granos recién molidos.

Franklin se encargó de repartir las tazas a medida que Barbara las llenaba. Boyd Carrington se encontraba junto al sofá. Elizabeth Cole y Norton estaban al lado de la ventana. La enfermera Craven se había retirado con discreción y ahora permanecía junto a la cabecera de la cama. Yo me entretenía resolviendo el crucigrama de *The Times* y leía en voz alta las pistas.

—Galantear, cortejar. Ocho letras.

—Flirtear —sugirió Franklin.

—Indigente, pobre. Siete letras y comienza con m.

—Mendigo —respondió Boyd Carrington.

—Una cita de Tennyson: «Y Eco responde a cualquier pregunta...». Seis letras.

—A mí no se me ocurre nada. No recuerdo nada de Tennyson.

—La cita de Tennyson —manifestó la señorita Cole— es la siguiente: «Y Eco responde a cualquier pregunta: muerte».

Oí una brusca inspiración a mis espaldas. Era Judith. Pasó por mi lado para dirigirse a la ventana y salir al balcón.

—Aquí tiene que haber un error. No sé. ¿Qué habíamos dicho para galantear?

—Flirtear.

—A ver, alguna otra.

—Enamorar —dijo Boyd Carrington.

Esta vez oí cómo la cucharilla de Barbara Franklin golpeaba contra el platillo. Pasé a la siguiente pista.

—«Los celos son un monstruo de ojos verdes.» ¿Quién lo dijo?

—Shakespeare —propuso Boyd Carrington.

—¿Fue Otelo o Emilia? —preguntó la señora Franklin.

—Todas son demasiado largas. Son cuatro letras.

—Yago.

—Estaba seguro de que era Otelo.

—La frase no es de *Otelo*. Se la dijo Romeo a Julieta.

Todos dimos nuestra opinión. De pronto oímos que Judith gritaba desde el balcón:

—¡Mirad, una estrella fugaz! Oh, ahí va otra.

—¿Dónde? —preguntó Boyd Carrington—. Debemos formular un deseo.

Salió al balcón junto a Franklin y la enfermera Craven para unirse a Elizabeth Cole, Norton y Judith.

Me quedé sentado, atento al crucigrama. ¿Para qué querría ver una estrella fugaz? No iba a formular ningún deseo.

Boyd Carrington volvió a entrar.

—Barbara, tienes que salir.

—No, no puedo. Estoy demasiado cansada —replicó la señora Franklin en tono brusco.

—Tonterías, Babs. Tienes que salir y formular un deseo. —Se echó a reír—. No protestes. Te llevaré.

Se inclinó para cogerla en brazos.

—¡Bill, suéltame! —exclamó Barbara, riendo—. No te comportes como un chiquillo.

—Las niñas tienen que salir y desear algo.

La llevó hasta el balcón.

Mantuve la mirada fija en el juego, porque estaba recordando algo muy entrañable: una noche tropical, el croar de las ranas y una estrella fugaz. Me encontraba junto a la ventana, me había dado la vuelta para coger a mi Cenicienta entre mis brazos y la había llevado al balcón para que viera las estrellas y pidiera un deseo.

Las líneas del crucigrama se volvieron borrosas.

Uno de los que estaban en el balcón volvió al cuarto. Era Judith.

No quería que me viera llorar. Me apresuré a volverme hacia la librería y fingí estar buscando un libro. Recordé que había una vieja edición de Shakespeare. Sí, aquí estaba. Busqué *Otelo*.

—¿Qué haces, papá?

Murmuré algo sobre una pista, mientras pasaba las páginas. Sí, era Yago.

Oh, mi señor, ¡cuidado con los celos!
Es el monstruo de ojos verdes,
que se divierte con la vianda que lo nutre.

Judith recitó otros versos:

Ni amapola, ni mandrágora,
ni todas las drogas soporíferas del mundo,
te devolverán jamás el dulce sueño que poseías ayer.

Su hermosa y profunda voz se apagó.

Los demás entraron en la habitación charlando y riendo con gran animación. La señora Franklin se instaló de nuevo en el sofá. Su marido se sentó junto a la mesa y removió el café. Norton y Elizabeth Cole se acabaron el suyo y se disculparon porque los Luttrell los esperaban para jugar una partida de bridge.

La señora Franklin se tomó su café y después pidió las gotas. Judith fue a buscar el frasco al botiquín del baño porque la enfermera Craven había salido un momento.

Franklin rondaba por la habitación. Tropezó con una mesa auxiliar.

—No seas tan torpe, John —le reprochó su esposa.

—Lo siento, Barbara. Estaba pensando en otra cosa.

—Eres como un oso, ¿verdad, cariño? —comentó la señora Franklin en tono afectado.

—Hace una noche muy bonita. Creo que saldré a dar un paseo —anunció el doctor como si no hubiese oído el comentario de su esposa.

Se marchó de la habitación sin despedirse.

—Es un genio —opinó la señora Franklin—. Se ve por

sus modales. Lo admiro de todo corazón. Se muestra tan apasionado con su trabajo...

—Sí, sí, es un tipo muy inteligente —asintió Boyd Carrington casi por obligación.

Judith se marchó y lo hizo con tanta precipitación que tropezó con la enfermera, que entraba en ese momento.

—¿Qué te parece si jugamos una partida de *picquet*, Babs?

—Sí. ¿Puede conseguirnos una baraja, enfermera?

La señorita Craven salió en busca de la baraja mientras yo me despedía de la señora Franklin y le daba las gracias por el café.

En el pasillo vi a Franklin y Judith que miraban a través de la ventana que había al fondo. No hablaban.

Franklin miró por encima del hombro cuando me acerqué. Se adelantó un par de pasos, para después preguntar con voz vacilante:

—¿Me acompaña a dar un paseo, Judith?

Mi hija negó con la cabeza.

—Esta noche no. Me voy a la cama. Buenas noches.

Bajé la escalera con Franklin. Silbaba por lo bajo con una expresión feliz.

—Parece estar usted muy satisfecho consigo mismo —comenté con cierto rencor, porque me sentía deprimido.

—Sí, he hecho algo que quería llevar a cabo hace mucho tiempo. Ha sido muy satisfactorio.

Nos separamos en el vestíbulo, y yo entré en el salón para echar un vistazo a la partida. Norton me guiñó un ojo cuando la señora Luttrell no miraba. La partida parecía transcurrir con una armonía poco habitual.

Allerton no había regresado. A mí me pareció que el

ambiente de la casa se había vuelto menos opresivo con su ausencia.

Subí a la habitación de Poirot. Me sorprendí al ver a Judith, que me sonrió.

—Ella lo ha perdonado, *mon ami* —anunció Poirot.

¡Un anuncio vergonzoso!

—La verdad es que... —tartamudeé—. No creo...

Judith se levantó para abrazarme y darme un beso.

—Pobre papá. El tío Hércules no tiene que atacar tu dignidad. Soy yo la que pide perdón. Así que perdóname y deséame buenas noches.

No sé por qué, pero dije:

—Lo siento, Judith. Lo siento mucho. No quería...

—Está bien —me interrumpió—. Olvidemos el asunto. A partir de ahora todo irá bien. —Sonrió con una expresión distante—. A partir de ahora todo irá bien —repitió, mientras salía del cuarto.

—¿Bien? —preguntó Poirot en cuanto se cerró la puerta—. ¿Qué ha pasado esta noche?

—No ha pasado ni creo que pase nada —respondí.

Me equivoqué totalmente, porque sí que pasó algo aquella noche. La señora Franklin se puso muy enferma. Mandaron llamar a otros dos médicos, pero fue inútil. Falleció a la mañana siguiente.

Veinticuatro horas más tarde nos enteramos de que había muerto envenenada con fisostigmina.

Capítulo 14

1

La vista oral se celebró dos días más tarde. Era la segunda vez que asistía a una vista oral en este espacio.

El fiscal era un hombre de mediana edad de mirada inteligente y un tono de voz seco.

Primero tuvo lugar la declaración del forense. Se estableció que la muerte se había producido como resultado de un envenenamiento con fisostigmina y de otros alcaloides del haba de Calabar. El veneno había sido ingerido entre las siete de la tarde y la medianoche anterior al fallecimiento. Según el forense, no se podía precisar más la hora.

El siguiente testigo fue el doctor Franklin. En general, causó muy buena impresión. Su testimonio fue claro y preciso. Después del fallecimiento de su esposa, había inspeccionado las soluciones que había en el laboratorio. Había descubierto que el contenido de uno de los frascos donde guardaba una solución de alcaloides muy concentrada había sido sustituido por agua. No podía

precisar cuándo se había realizado el cambio porque no
había utilizado la solución en los últimos días.

Se planteó el tema del acceso al laboratorio. El doctor
Franklin manifestó que el laboratorio se mantenía cerrado y que él guardaba la llave. Su ayudante, la señorita
Hastings, también tenía una llave. Cualquier otra persona que deseara entrar en el laboratorio cuando ellos no
estaban trabajando tenía que pedirles la llave. Su esposa
lo había hecho en algunas ocasiones cuando se olvidaba
alguna cosa en el laboratorio. Él no había llevado la solución de fisostigmina a la casa ni a la habitación de su esposa, y opinaba que no era posible que ella ingiriera el
veneno por accidente.

También manifestó en sus respuestas a nuevas preguntas del fiscal que su esposa no padecía ningún tras-
torno orgánico, pero que sufría una grave depresión
nerviosa y que era propensa a los bruscos cambios de
humor.

En las últimas semanas, añadió, se había mostrado
más animada. Sus relaciones eran normales y no habían
tenido ninguna discusión. En la noche de autos, la señora Franklin se había comportado como una anfitriona
encantadora.

Asimismo declaró que, en algunas ocasiones, su esposa había hablado de acabar con su vida, pero que él
nunca se lo había tomado en serio. Afirmó que, en su
opinión, la señora Franklin nunca había manifestado
tendencias suicidas. Esta era su opinión personal y como
médico.

La enfermera Craven le siguió en el banquillo. Mostraba un aspecto muy profesional vestida con su uniforme; sus respuestas fueron precisas. Había atendido a la

señora Franklin durante dos meses, y consideraba que su paciente sufría de una depresión grave. Diversas personas la habían oído decir, al menos en tres ocasiones, que deseaba «acabar con todo esto de una vez para siempre», que su vida era inútil y que era una carga para su marido.

—¿Por qué lo dijo? ¿Habían tenido los dos algún altercado?

—No, pero a su esposo le habían ofrecido un trabajo en el extranjero que significaba un gran paso en su carrera profesional, y él lo había rechazado para no dejarla sola.

—¿Se sentía culpable?

—Sí. Lo atribuía a su salud enfermiza, y eso la deprimía todavía más.

—¿El doctor Franklin lo sabía?

—No creo que ella se lo mencionara.

—Pero la señora Franklin sufría ataques de depresión.

—Sí.

—¿Alguna vez habló claramente de su intención de suicidarse?

—Creo que la frase que empleó fue «acabar con todo esto de una vez por todas».

—¿Habló en alguna ocasión de algún método específico para quitarse la vida?

—No, siempre se mostró muy vaga.

—¿Ocurrió algo en los últimos tiempos que pudiera agravar su depresión?

—No, diría que estaba mucho más animada.

—¿Está usted de acuerdo con lo manifestado por el doctor Franklin sobre el comportamiento de su esposa la noche de autos?

—Estaba excitada —respondió la señorita Craven titubeante—. Había pasado un mal día. Se quejaba de calambres y mareos. Parecía haberse recuperado de las molestias cuando vinieron todos a tomar el café, pero su entusiasmo parecía un tanto artificial.

—¿Vio usted algún frasco, o recipiente, que pudiera haber contenido el veneno?

—No.

—¿Qué cenó y bebió?

—Cenó un plato de sopa, una chuleta con guisantes y puré de patatas, y de postre, tarta de cerezas. Bebió una copa de borgoña.

—¿El borgoña lo subieron a la habitación?

—No, tenía una botella. Creo que quedó un poco. Lo mandaron a analizar y no encontraron nada.

—¿Pudo la señora Franklin echar la droga en la copa sin que usted la viera?

—Sí, con toda facilidad. Yo iba de aquí para allá, ocupada en arreglar las cosas y poner orden. No la miraba. Tenía una caja y un bolso a su lado. Pudo echar la droga en el café o en el vaso de leche que se bebió antes de irse a la cama.

—¿Tiene usted idea de lo que pudo hacer con el frasco, si es que echó la droga en el café o la leche?

—Supongo que quizá lo arrojó por la ventana, lo tiró a la papelera e incluso pudo haberlo lavado antes de meterlo en el botiquín del baño. Hay varios frascos vacíos. Los guardo porque siempre son útiles.

—¿Cuándo vio a la señora Franklin por última vez?

—A las diez y media. La ayudé a acostarse. Se bebió la leche caliente y pidió una aspirina.

—¿Cómo estaba de ánimo?

La enfermera Craven sopesó la respuesta.

—Como siempre. Bueno, diría que parecía un tanto nerviosa.

—¿No la vio deprimida?

—No, diría que un poco más nerviosa. No obstante, si está usted pensando en el suicidio, se podría considerar como algo lógico. Quizá pensó que estaba haciendo algo noble.

—¿Considera usted que era una persona con tendencias suicidas?

Una vez más, la señorita Craven meditó la respuesta.

—No lo sé a ciencia cierta, pero diría que sí. Estaba bastante desequilibrada.

Le tocó el turno a sir William Boyd Carrington. Se le veía bastante alterado, pero respondía con normalidad y precisión.

Había jugado una partida de *picquet* con la señora Franklin la noche de su muerte. No había advertido nada anormal, si bien en una conversación mantenida algunos días antes la señora Franklin había sacado el tema del suicidio. Era una mujer muy poco egoísta, y le angustiaba profundamente ser un estorbo para la carrera de su marido. Lo amaba mucho y quería lo mejor para él. Algunas veces se mostraba muy deprimida por su mala salud.

Llamaron a Judith, que aportó muy poco a la investigación.

No sabía nada de la desaparición de la fisostigmina del laboratorio. La noche de la tragedia, el comportamiento de la señora Franklin le había parecido el mismo de siempre. Quizá un poco más exaltado. Nunca le había oído mencionar el suicidio.

El último testigo fue Hércules Poirot. Hizo su declaración con mucho énfasis y causó una profunda impresión en el jurado. Repitió una conversación mantenida con la señora Franklin el día anterior a su fallecimiento. Estaba muy deprimida y había mencionado varias veces su deseo de acabar con todo. Le preocupaba su salud y le había confiado que sufría ataques de melancolía durante los cuales consideraba que no valía la pena seguir viviendo. Había dicho que a veces pensaba en lo maravilloso que sería dormirse y no volver a despertar. La respuesta que dio a la siguiente pregunta del fiscal provocó una gran conmoción.

—¿La mañana del 10 de junio estaba usted sentado cerca de la puerta del laboratorio?

—Sí.

—¿Vio usted salir a la señora Franklin?

—Sí.

—¿Llevaba algo en la mano?

—Llevaba un frasquito en la mano derecha.

—¿Está usted seguro?

—Sí.

—¿Se comportó de una manera extraña al verlo?

—Pareció sorprendida, nada más.

El fiscal procedió a resumir el caso. Debían decidir, le dijo al jurado, cómo había fallecido la víctima. No había ninguna duda sobre la causa de la muerte, los médicos la habían establecido: envenenamiento por ingestión de sulfato de fisostigmina. Solo debían decidir si lo había ingerido accidental o intencionadamente, o si se lo había administrado alguna otra persona. Habían oído decir que la difunta sufría ataques de melancolía, que tenía una salud enfermiza y, si bien no se trataba de ninguna enfermedad orgánica, padecía de los nervios. Hércules Poirot, un testigo de reconocido prestigio en el campo de la investigación criminal, había afirmado que la señora Franklin había salido del laboratorio con un frasco en la mano y que se había sorprendido al verlo. Podían llegar a la conclusión de que ella había cogido el veneno del laboratorio con la intención de bebérselo. Parecía obsesionada con la idea de ser un obstáculo en la carrera profesional de su marido. Era justo reconocer que el doctor Franklin se había comportado siempre como un marido bueno y afectuoso, que nunca se había mostrado resentido por la mala salud de su esposa, ni la había acusado de estar entorpeciendo su carrera. La teoría era algo exclusivamente de la señora Franklin. Las mujeres que padecían de los nervios solían tener estas ideas. No había ninguna prueba que determinara el momento o el medio utilizado para ingerir el veneno. Quizá llamaba la atención no haber encontrado el frasco del veneno, pero era posible, como había sugerido la enfermera Craven, que la señora Franklin lo hubiese lavado para después guardarlo en el botiquín del baño. Le correspondía al jurado tomar su decisión.

El veredicto se dio a conocer casi de inmediato. El jurado decidió que se había quitado la vida en un ataque de locura transitoria.

2

Media hora más tarde, me hallaba en la habitación de Poirot. Parecía exhausto. Curtiss lo había acostado y ahora intentaba reanimarlo con un estimulante.

AGATHA CHRISTIE

Me moría de ganas de hablar, pero me contuve hasta que el ayuda de cámara acabó de atender a su amo y salió de la habitación.

—¿Es verdad lo que declaró, Poirot? ¿Que usted vio que la señora Franklin llevaba un frasco en la mano cuando salió del laboratorio?

Una sonrisa muy débil apareció en los labios azulados de Poirot.

—¿Usted no lo vio, amigo mío?

—No, no lo vi.

—Quizá no se dio cuenta, *hein.*

—No, quizá no. Por supuesto, no puedo jurar que no lo llevara. —Lo miré con una expresión de duda—. La cuestión es: ¿dice usted la verdad?

—¿Cree usted que mentiría, amigo mío?

—Lo creo muy capaz de hacerlo.

—Hastings, me sorprende. ¿Qué se ha hecho de su buena fe?

—Bueno, supongo que no habrá cometido perjurio.

—No sería perjurio. No estaba bajo juramento —replicó Poirot con voz suave.

—Entonces, ¿fue una mentira?

Poirot descartó mi pregunta con un ademán.

—Lo que dije dicho está, *mon ami.* Es innecesario discutirlo.

—¡Sencillamente, no lo comprendo! —protesté.

—¿Qué es lo que no comprende?

—Su testimonio, toda esa historia sobre que la señora Franklin había hablado del suicidio, que estaba deprimida.

—*Enfin*, usted la oyó hablar de esas cosas.

—Sí, pero lo dijo en uno de sus tantos cambios de humor. Usted no lo aclaró.

—Quizá no deseaba hacerlo.

—¿Usted quería un veredicto de suicidio? —pregunté atónito.

Poirot demoró su respuesta.

—Creo, Hastings, que no aprecia usted la gravedad de la situación. Sí, se podría decir que deseaba un veredicto de suicidio.

—Pero usted no cree que se suicidara, ¿verdad?

Mi amigo negó con la cabeza lentamente.

—¿Usted cree que fue asesinada?

—Sí, Hastings, la asesinaron.

—Entonces, ¿a qué viene el deseo de taparlo, de que cierren el caso atribuyéndolo a un suicidio? Ya no se harán más investigaciones.

—Así es.

—¿Eso es lo que quería?

—Sí.

—¿Por qué?

—¿Es posible que no lo vea? No importa, no entremos en ese tema. Tendrá que aceptar mi palabra de que fue un asesinato, un crimen cometido con premeditación. Le dije, Hastings, que aquí se cometería un crimen y que no podríamos impedirlo porque el asesino es una persona despiadada y decidida.

—¿Qué pasará ahora? —pregunté con un estremecimiento.

—El caso está resuelto —respondió Poirot, sonriendo—. El jurado dijo que fue un suicidio. Ahora ha llegado el momento, Hastings, de que usted y yo trabajemos ocultos como topos y atrapemos a X.

—Supongamos que, mientras tanto, asesina a alguien más.

—No lo creo —replicó Poirot muy seguro—. A menos, claro está, que alguien viera o supiera algo. Pero, si fuera así, ya lo habría dicho.

Capítulo 15

1

Mis recuerdos de los acontecimientos ocurridos en los días inmediatamente posteriores al juicio por la muerte de la señora Franklin son un poco vagos. Por supuesto, se celebró un funeral al que asistieron una multitud de curiosos de Styles St. Mary. Fue en aquella ocasión cuando me abordó una vieja de aspecto siniestro y enferma de reúma.

Se acercó a mí cuando salíamos del cementerio.

—Me acuerdo de usted, señor.

—Me parece que...

—Hará unos veinte años o más —continuó sin hacer caso de mis palabras—. Cuando la vieja señora murió en la mansión. Fue el primer asesinato que tuvimos en Styles y anuncié que no sería el último. Todos dijimos que el marido había matado a la vieja señora Inglethorp. Estábamos seguros. —Me miró con una expresión astuta—. Quizá esta vez también fue el marido.

—¿Qué quiere decir? —repliqué con viveza—. ¿No oyó usted el veredicto de suicidio?

—Eso es lo que dijo el jurado, pero pueden estar equivocados, ¿no le parece? —Me dio un codazo—. Los médicos saben cómo matar a sus esposas. Además, ella no le servía para gran cosa.

La miré furioso y la vieja se apartó murmurando que no lo había dicho con mala intención, que solo parecía extraño que ocurriera por segunda vez.

—También es curioso que usted estuviera en la casa las dos veces, señor, ¿no le parece?

Por un momento me pregunté si sospechaba de mí como autor de los crímenes. Fue algo desconcertante. Desde luego me hizo ver los extremos hasta los que podían llegar las habladurías locales. Claro que tampoco iban mal encaminadas. Alguien había matado a la señora Franklin.

Como he dicho, recuerdo muy poco de aquellos días. La salud de Poirot era un motivo de constante preocupación. Curtiss vino a verme con una expresión de inquietud para avisarme de que Poirot había tenido un ataque.

—Creo, señor, que deberíamos llamar al médico.

Acudí corriendo a la habitación de mi amigo, que se negó en rotundo a que llamara al médico. Me pareció extraño. En mi opinión, siempre había sido un miedoso cuando se trataba de su salud. Desconfiaba de las corrientes de aire, se envolvía el cuello con varias bufandas, le horrorizaba mojarse los pies, se controlaba la temperatura y se metía en la cama al primer escalofrío. De lo contrario, proclamaba: «Seré la víctima de una *fluxion de poitrine*». No dudaba en llamar al médico por cualquier tontería.

Ahora, en cambio, que estaba enfermo de verdad, adoptaba la actitud opuesta.

Sin embargo, bien podía ser esta la verdadera razón. Los otros males habían sido minucias. Ahora temía admitir la realidad de su dolencia. Le restaba importancia porque tenía miedo.

Respondió a mis razones con energía y enfado.

—¡Ah, pero si ya he consultado a los médicos! No a uno, sino a varios. Fui a la consulta de Fulano y a la de Mengano, y ¿qué hicieron? Mandarme a Egipto, donde empeoré. También fui a ver a R...

R. era un cardiólogo de fama.

—¿Qué le dijo? —pregunté en el acto.

Poirot me miró de reojo y a mí se me encogió el corazón.

—Ha hecho por mí todo lo humanamente posible. He seguido todas sus indicaciones, tengo los medicamentos a mano. Aparte de eso, no hay nada más que hacer. Por lo tanto, Hastings, es inútil llamar a otros médicos. La máquina, *mon ami*, se detiene. No se puede instalar un motor nuevo como si de un coche se tratara y seguir rodando.

—Escúcheme, Poirot, tiene que haber algo. Curtiss...

—¿Curtiss? —me interrumpió Poirot vivamente.

—Sí, vino a verme. Estaba preocupado. Había tenido usted un ataque...

—Sí, sí. —Poirot asintió—. Sufro algún ataque de vez en cuando, e impresiona ver a cualquiera a quien le sucede algo así. Creo que Curtiss no está acostumbrado.

—¿De veras que no quiere ver a un médico?

—No serviría de nada, amigo mío.

Lo dijo con mucha amabilidad e idéntica firmeza. Una vez más sentí un nudo en la garganta. Poirot me sonrió.

—Este, Hastings, será mi último caso. También será el más interesante y también el criminal más llamativo, porque en X tenemos una técnica soberbia, magnífica, que despierta admiración. Hasta ahora, *mon cher*, X ha actuado con tanta habilidad que me ha derrotado a mí, ¡Hércules Poirot! Ha creado un ataque para el que no tengo respuesta.

—Si estuviera usted bien de salud... —comencé a decir con la intención de apaciguarlo.

Pero por lo visto fue un error. Hércules Poirot me espetó hecho una furia:

—¡Ah! ¿Es que se lo tengo que repetir mil veces y después otras mil? No se trata de un esfuerzo físico. Solo hay que pensar.

—Sí, por supuesto, sí, eso se le da bien.

—¿Bien? Lo hago de una manera extraordinaria. Tengo los miembros paralizados, mi corazón apenas aguanta, pero mi cerebro, Hastings, mi cerebro funciona a la perfección. Sigue siendo una máquina perfecta.

—Eso es espléndido —afirmé complaciente.

Sin embargo, mientras bajaba la escalera, me dije que el cerebro de Poirot no funcionaba tan bien como él creía. Primero, el incidente de la señora Luttrell, quien había salvado la vida por los pelos, y ahora la muerte de la señora Franklin. ¿Qué estábamos haciendo al respecto? Prácticamente nada.

2

—Usted me sugirió, Hastings, que consultara a un médico —me dijo Poirot al día siguiente.

—Así es —respondí ansioso—. Me sentiría mucho más tranquilo.

—*Eh bien*, estoy de acuerdo. Llamaré a Franklin.

—¿Franklin? —exclamé en tono de duda.

—Es médico, ¿no?

—Sí, pero lo suyo es la investigación.

—Por supuesto. No está hecho para tratar con pacientes. Le faltan modales de médico de cabecera. Pero es un médico. Conoce su trabajo.

Seguía sin convencerme. Aunque no dudaba de la capacidad de Franklin, siempre me había parecido un hombre impaciente y muy poco interesado por las enfermedades humanas. Sin duda estaba admirablemente dotado para la investigación científica, pero no era la clase de médico que desean los pacientes.

Sin embargo, como era todo un gesto por parte de Poirot y dado que en Styles no había un médico de cabecera, Franklin accedió, aunque dejó bien claro que, si era necesaria una atención médica regular, deberíamos llamar a otro especialista. Él no podía asumir esa responsabilidad.

Franklin estuvo mucho tiempo con el paciente.

Lo estaba esperando cuando salió de la habitación. Lo llevé a mi cuarto y cerré la puerta.

—¿Cómo lo ve? —pregunté sin rodeos.

—Es un hombre notable —respondió Franklin pensativo.

—Oh, eso. Sí. —Descarté el hecho evidente—. ¿Qué me dice de su salud?

—Ah, ¿su salud? —Franklin pareció muy sorprendido, como si le hubiera mencionado un tema sin ninguna importancia—. Su salud es un desastre.

Me pareció que no era una opinión muy profesional. No obstante, sabía por Judith que Franklin había sido uno de los estudiantes más destacados de su promoción.

—¿Está muy grave? —insistí ansioso.

—¿De veras quiere saberlo? —replicó, mirándome con atención.

—Por supuesto.

¿Qué se creía el muy idiota?

—La mayoría de la gente prefiere no saberlo —contestó—. Quieren que les doren la píldora. Quieren esperanzas, una seguridad. Por supuesto, hay recuperaciones milagrosas, pero no es el caso de Poirot.

—¿Quiere usted decir...? —Una vez más, sentí una opresión en el pecho.

—Sí, está bastante enfermo. No creo que viva mucho más. No se lo diría si no fuera porque él me ha autorizado.

—Entonces, lo sabe.

—Lo sabe. Su corazón puede pararse en cualquier momento. Lo único que no se puede saber es el momento exacto. —Hizo una pausa, para después añadir despacio—: Por lo que me dijo, me pareció entender que le preocupa acabar alguna cosa, una empresa que ha emprendido. ¿Sabe usted algo de eso?

—Sí, lo sé.

Franklin me miró interesado.

—Quiere estar seguro de acabar lo que empezó.

—Comprendo.

Me pregunté si John Franklin tenía idea de cuál era la empresa.

—Espero que lo consiga —manifestó—. Por lo visto, significa mucho para él. Por cierto, tiene una mente muy metódica.

—¿No hay nada que se pueda hacer? —pregunté—. ¿Algún tratamiento?

Franklin negó con la cabeza.

—No hay nada que hacer. Tiene las ampollas de nitrato de amilo en caso de que sufra un ataque.

Permaneció en silencio durante unos momentos, y después añadió con cierta curiosidad:

—Siente un gran respeto por la vida humana, ¿verdad?

—Sí, así es.

Cuántas veces no habría oído decir a Poirot: «No apruebo el asesinato», una afirmación que siempre me había llamado la atención.

—Esa es la diferencia entre nosotros —manifestó Franklin—. Yo no.

Lo miré un tanto sorprendido.

Inclinó la cabeza al tiempo que esbozaba una sonrisa.

—Es muy cierto —dijo—. Dado que la muerte es inevitable, ¿qué más da que llegue antes o después? Hay muy poca diferencia.

—¿Por qué demonios se dedicó usted a la medicina si tiene esa opinión? —repliqué indignado.

—Mi querido amigo, la medicina no es solo cuestión de eludir la muerte. Lo que se pretende es mejorar la vida. No tiene mucha importancia que muera un individuo sano. Si muere un imbécil, un cretino, diría que es una buena cosa, pero si descubrimos que podemos corregir la deficiencia tiroidea y convertir a un cretino en un individuo normal, para mí eso es mucho más importante.

Lo miré con renovado interés. Seguía pensando que, si yo pillara una gripe, no llamaría al doctor Franklin, pero no pude menos que sentir respeto ante su sinceridad y su fuerza. Había notado un cambio en su persona desde el fallecimiento de su esposa. No se había comportado como un viudo afligido. Por el contrario, parecía mucho más animado, menos ausente, lleno de energía.

—Usted y Judith no se parecen mucho, ¿verdad? —preguntó, interrumpiendo mis pensamientos.

—No, supongo que no.

—¿Es como su madre?

Reflexioné unos instantes, para después negar con la cabeza.

—La verdad es que no. Mi esposa era una criatura alegre y feliz. Nunca se tomaba las cosas muy en serio, y pretendía que yo hiciera lo mismo, aunque me temo que no tuvo éxito.

—No, supongo que es usted uno de esos padres pesados —opinó con una sonrisa—. Eso es lo que dice Judith. No se ríe mucho, es una joven muy seria. Trabaja demasiado, aunque eso, en parte, es culpa mía.

Se encerró en sus pensamientos.

—Su trabajo debe de ser muy interesante —comenté por decir algo.

—¿Cómo?

—Digo que su trabajo debe de ser interesante.

—Solo para una media docena de personas. Para todas las demás es aburridísimo, y no les falta razón. En cualquier caso... —Echó la cabeza hacia atrás, cuadró los hombros, y de pronto se mostró tal cual era, un hombre fuerte y viril—, ahora tengo mi oportunidad. Me dan ganas de gritarlo a los cuatro vientos. Hoy me han llamado del instituto. Me han dado el trabajo. Comienzo dentro de diez días.

—¿En África?

—Sí. Es fabuloso.

—¡Tan pronto! —manifesté un tanto escandalizado.

—¿A qué se refiere? —preguntó, frunciendo el entrecejo—. Ah, ¿se refiere usted a después de la muerte de Barbara? ¿Por qué no? No vale la pena disimular que su muerte fue un gran alivio.

Pareció divertirle la expresión de mi rostro.

—No tengo tiempo para los convencionalismos. Me enamoré de Barbara cuando era una muchacha muy bonita, me casé con ella y dejé de amarla al cabo de un año. Creo que ella no llegó ni a eso. Fui una desilusión para ella. Estaba segura de que podría manipularme. No pudo. Soy un bruto egoísta y terco; y hago lo que quiero.

—Sin embargo, usted había rehusado el puesto en África —le recordé.

—Sí, pero eso fue pura y exclusivamente por una cuestión económica. Me había comprometido a pagarle a Barbara el estilo de vida al que estaba acostumbrada. Marcharme significaba dejarla casi sin dinero. Pero ahora —me sonrió con un entusiasmo infantil— todo ha cambiado para bien.

Sentí asco. Supongo que es verdad que muchos hombres no sienten ninguna pena cuando mueren sus esposas y todos más o menos conocemos algún caso, pero esto era tan descarado...

Vio mi expresión, pero no pareció molestarse.

—¿No le preocupa en lo más mínimo que su esposa decidiera suicidarse?

—No creo que se suicidara —respondió con una expresión pensativa—. Es poco probable.

—En ese caso, ¿qué cree usted que pasó?

—No lo sé —respondió—. No creo que quiera saberlo. ¿Me comprende?

Lo miré y él me sostuvo la mirada.

—No quiero saberlo —repitió—. No me interesa. ¿Lo ve?

Lo veía, pero no me gustaba.

3

No sé cuándo me di cuenta de que a Stephen Norton le rondaba algo por la cabeza. Había estado muy silencioso desde el juicio y después del funeral. Iba por ahí con la mirada gacha y el entrecejo fruncido. Tenía la costumbre de pasarse las manos por su pelo corto y canoso hasta dejarlo de punta como un cepillo. Resultaba cómico, pero era un acto inconsciente y denunciaba una cierta perplejidad por su parte. Cuando le preguntabas cualquier cosa respondía sin prestar atención, y por fin me di cuenta de que algo le preocupaba. Intenté averiguar discretamente si había recibido alguna mala noticia, pero se apresuró a negarlo, cosa que zanjó el tema durante un tiempo.

Sin embargo, al cabo de unos días pareció que quería conocer mi opinión sobre un asunto, y lo hizo de una manera bastante torpe.

Un día me abordó y, con el leve tartamudeo que era típico en él cuando tocaba algún tema serio, comenzó a contarme una historia bastante enrevesada sobre una cuestión ética.

—¿Sabe usted, Hastings?, tendría que ser muy sencillo decir cuándo algo está bien o mal, pero cuando hay que decirlo no resulta tan fácil. Me refiero a que uno se puede topar con algo, una cosa que no era para usted, de una manera del todo accidental, y ser una de esas cosas de las que no te puedes aprovechar, aunque sea muy importante. ¿Me comprende?

—No muy bien —confesé.

Norton volvió a fruncir el entrecejo. Se pasó las manos por el pelo hasta dejarlo erizado.

—Resulta difícil de explicar. Lo que quiero decir es que es como si acabaras de ver algo en una carta privada, una carta dirigida a otra persona que has abierto por error o algo así y has comenzado a leer porque creías que era para ti, y, entonces, antes de darte cuenta, estás leyendo algo que no iba destinado a ti. Esas cosas ocurren.

—Oh, sí, por supuesto.

—Lo que quiero decir es: ¿qué haces en ese caso?

—Bueno... —Me apliqué al problema—. Supongo que puedes ir a la persona destinataria de la carta y decirle: «Lo siento mucho, pero la he abierto por error».

Norton exhaló un suspiro y repuso que no era tan sencillo.

—Verá, Hastings, puede tratarse de algo embarazoso.

—¿Se refiere a que podría ser embarazoso para la otra persona? Podría disimular diciendo que no la he leído, que advirtió el error a tiempo.

—Sí —admitió Norton, aunque no pareció muy convencido de haber dado con una solución satisfactoria—. Ojalá supiera lo que debo hacer.

Le indiqué que no le quedaban otras alternativas.

—Es que hay algo más, Hastings —insistió preocupado—. Supongamos que lo que leyó era algo importante para otra persona.

Perdí la paciencia.

—La verdad, Norton, es que no le entiendo. No se puede leer la correspondencia de otras personas.

—No, no, por supuesto que no. No me refería a eso y, en cualquier caso, no se trata de una carta. Solo dije que era algo así. Está claro que cualquier cosa que uno ve, oye o lee por accidente debe callársela, a menos que...

—¿A menos que qué...?

—A menos que se trate de algo de lo que se deba hablar —respondió Norton lentamente.

Lo miré con renovado interés.

—Oiga —continuó—, supongamos que ha visto algo por el ojo de una cerradura.

¡Los ojos de las cerraduras me recordaron a Poirot!

—Lo que quiero decir —aclaró Norton— es que tienes una razón legítima para mirar por el ojo de la cerradura, quizá la llave se encalló y quieres ver si hay algún obstáculo, y ni por asomo esperas ver lo que has visto.

Por un momento perdí el hilo de tan confusa explicación, porque acababa de darme cuenta de lo que pretendía decir. Recordé el día que estábamos en el montículo y Norton miraba a un pájaro con sus prismáticos, y la angustia y la inquietud que había demostrado, sus esfuerzos por impedir que los utilizara. En aquel instante había sacado la conclusión de que había visto algo relacionado conmigo, que se trataba de Allerton y Judith. Pero ¿y si no había sido así? ¿Y si había visto algo muy diferente? Había dado por hecho que se trataba de Allerton y Judith porque estaba tan obsesionado con el tema que no podía pensar en nada más.

—¿Fue algo que vio con sus prismáticos? —le pregunté con brusquedad.

Norton pareció sorprenderse y después mostró una expresión de alivio.

—Vaya, Hastings, ¿cómo lo ha adivinado?

—Fue el día en que usted, Elizabeth Cole y yo estábamos en el montículo, ¿verdad?

—Sí, eso es.

—Recuerdo que no quiso dejarme mirar.

—No es eso, pero es algo que nadie más debería haber visto.

—¿De qué se trata?

Norton frunció el entrecejo.

—A eso me refería precisamente. ¿Debo contarlo? Me refiero a que eso fue espiar. Vi algo que no debería haber visto. Lo cierto es que no fue intencionado, estaba mirando a un precioso pájaro carpintero y entonces me topé con lo otro.

Se interrumpió. Me dominaba una curiosidad tremenda, pero respeté sus escrúpulos.

—¿Era algo muy importante? —pregunté.

—Quizá. Podría ser. No lo sé.

—¿Tiene alguna relación con la muerte de la señora Franklin?

—Es curioso que diga eso —comentó sobresaltado.

—Entonces, ¿la tiene?

—No, no directamente. Pero podría tenerla. Podría poner algunas cosas bajo la luz de una nueva perspectiva. Significaría... ¡Oh, maldita sea, no sé qué hacer!

Yo estaba en un dilema. Apenas si podía contener la curiosidad, pero me daba cuenta de que Norton no estaba dispuesto a decir lo que había visto. Me hacía cargo. Yo hubiera hecho lo mismo. Siempre es desagradable enterarse de algo de una manera que los demás pueden considerar poco apropiada. Entonces tuve una idea.

—¿Por qué no se lo consulta a Poirot?

—¿Poirot? —exclamó Norton en tono de duda.

—Sí, pídale su consejo.

—Bueno, es una idea. Claro que él es un extranjero... —Se interrumpió un tanto avergonzado.

Lo comprendí. Conocía muy bien las opiniones de Poirot en estos casos. Me pregunté cómo era posible que a Poirot nunca se le hubiera ocurrido utilizar prismáticos. De haberlo pensado, no habría vacilado ni un segundo.

—Respetará su confianza —afirmé—, y no tiene usted por qué seguir sus recomendaciones si no le gustan.

—Eso es verdad —admitió Norton más tranquilo—. ¿Sabe una cosa, Hastings? Creo que lo haré.

4

Me quedé pasmado ante la reacción instantánea de Poirot cuando se lo comenté.

—¿Qué es lo que ha dicho, Hastings?

Dejó caer el trozo de tostada que había estado a punto de morder y adelantó la cabeza:

—Dígamelo. Venga, deprisa.

Le repetí la historia.

—Aquel día vio algo a través de los prismáticos —repitió Poirot pensativo—. Algo que no quiere decirle. —Me cogió un brazo con una fuerza inusitada—. ¿Ha hablado de esto con alguien más?

—No lo creo. No, estoy seguro de que no lo ha hecho.

—Tenga mucho cuidado, Hastings. Es imprescindible que no se lo diga a nadie más, ni siquiera lo debe insinuar. Hacerlo podría ser peligroso.

—¿Peligroso?

—Muy peligroso —afirmó Poirot con una expresión grave—. Convénzalo, *mon ami*, para que suba a verme esta noche. Una visita normal entre amigos. No permita que nadie sospeche que hay un motivo especial. Se lo repito, Hastings, tenga cuidado, mucho cuidado. ¿Quién más dijo que estaba con usted en aquel momento?

—Elizabeth Cole.

—¿Ella advirtió algo extraño en su comportamiento?

Intenté recordar.

—No lo sé. Tal vez. ¿Quiere que se lo pregunte?

—Usted no le diga nada, Hastings, absolutamente nada.

Capítulo 16

Le transmití a Norton el mensaje de Poirot.

—Subiré a verlo, por supuesto. Será un placer. Pero ¿sabe una cosa, Hastings? Lamento haberle mencionado el asunto.

—Por cierto, ¿se lo ha comentado a alguien más?

—No, al menos..., no, desde luego que no.

—¿Está usted seguro?

—Sí, sí. No se lo he dicho a nadie.

—Muy bien. No se lo diga a nadie hasta haber hablado con Poirot.

Había advertido una cierta vacilación en su primera respuesta, pero después su tono había sido firme. Sin embargo, después recordaría el titubeo.

2

Fui una vez más al montículo donde habíamos estado aquel día. Me encontré con que ya había allí otra persona. Elizabeth Cole. Volvió la cabeza cuando subí la pendiente.

—Parece usted muy alterado, capitán Hastings. ¿Ocurre algo?

Intenté calmarme.

—No, no, nada en absoluto. Es la consecuencia del ejercicio —contesté con un leve jadeo, pero después añadí con una voz normal—: Amenaza lluvia.

—Así es —respondió con la mirada puesta en los negros nubarrones.

Permanecimos en silencio durante un par de minutos. Había algo en aquella mujer que me resultaba muy atrayente. Desde que me había contado quién era en realidad y la tragedia que le había arruinado la vida, sentía un profundo interés por ella. Dos personas que han pasado por una triste experiencia tienen un gran vínculo en común. Sin embargo, a ella se le ofrecía, o al menos así lo pensaba, la oportunidad de una segunda primavera.

—Más que alterado, lo que estoy es deprimido —manifesté impulsivamente—. Me he enterado de algo muy grave que afecta a mi viejo y querido amigo.

—¿Se refiere a monsieur Poirot?

Su interés me animó a contárselo todo. Cuando acabé, ella comentó con voz dulce:

—Comprendo. O sea, ¿que el final puede llegar en cualquier momento?

Asentí, incapaz de decir una palabra, pero al cabo de unos momentos, añadí:

—Cuando se haya ido, me quedaré muy solo en el mundo.

—Oh, no, tiene usted a Judith y a sus otros hijos.

—Están dispersos por todo el mundo, y Judith..., bueno, ella tiene su trabajo, no me necesita.

—Sospecho que los hijos nunca necesitan a sus padres hasta que están metidos en algún lío. Es ley de vida. Tenga en cuenta que yo estoy mucho más sola que usted. Mis dos hermanas viven muy lejos. Una en Estados Unidos y la otra en Italia.

—Amiga mía, su vida aún está en los comienzos.

—¿A los treinta y cinco?

—¿Qué son treinta y cinco años? Ya los quisiera para mí —afirmé, para después añadir con cierta malicia—: No estoy tan ciego, ¿sabe usted?

Me miró desconcertada, pero al cabo de un instante se ruborizó.

—No creerá usted... ¡Oh! Stephen Norton y yo solo somos amigos. Tenemos muchas cosas en común...

—Mejor para usted.

—Es una persona muy bondadosa.

—No creo que sea todo bondad. Los hombres no estamos hechos de esa pasta —comenté en tono jocoso, pero Elizabeth Cole se había puesto muy pálida.

—¡Es usted muy cruel! —declaró con voz tensa—. ¡Está ciego! ¿Cómo puedo pensar en el matrimonio? Con mi pasado, con una hermana asesina, o, si no lo es, que estaba loca. No sé qué es peor.

—No se atormente —dije en tono firme—. Recuerde que quizá no sea verdad.

—¿A qué se refiere? ¡Es verdad!

—Recuerde que una vez me dijo: «¡No fue Maggie!».

—Es lo que siempre he creído.

—Muchas veces lo que creemos es cierto.

—¿Qué quiere decir? —preguntó con los ojos muy abiertos.

—Su hermana no mató a su padre.

Se llevó una mano a la boca como si quisiera contener un grito, mientras me miraba atónita.

—Está usted loco. Tiene usted que estar loco. ¿Quién se lo dijo?

—No tiene importancia. Es la verdad. Algún día se lo demostraré.

3

Me encontré con Boyd Carrington cuando regresaba a la casa.

—Esta es mi última noche aquí —anunció—. Me marcho mañana.

—¿A Knatton?

—Sí.

—Debe de estar muy contento.

—Sí. Supongo que sí. —Exhaló un suspiro—. En cualquier caso, Hastings, no me importa decírselo: me alegro de marcharme.

—La comida sin duda es muy mala y el servicio deja bastante que desear.

—No me refería a eso. Hay que tener en cuenta que es barato y no se puede esperar gran cosa de las casas de huéspedes. No, Hastings, me refería a algo más que las incomodidades. No me gusta esta casa, aquí hay una influencia maligna. Aquí ocurren cosas.

—Desde luego que sí.

—No sé lo que es. Quizá una casa donde se cometió un asesinato nunca vuelve a ser la misma. Pero no me gusta. Primero el accidente de la señora Luttrell, un episodio muy desgraciado, y después lo de la pobre Barbara. —Hizo una pausa—. La persona menos propensa al suicidio en el mundo entero.

—No sé si me atrevería a decir tanto...

Me interrumpió.

—Pues yo sí. Estuve con ella gran parte del día anterior. Se la veía muy animada, disfrutó muchísimo con la salida. La única cosa que le preocupaba era si John se estaría implicando demasiado en sus experimentos y se pasaría de la raya; es decir, que decidiera probar en él mismo los efectos de algunos de sus preparados. ¿Sabe lo que creo, Hastings?

—No.

—Creo que su marido es el responsable de la muerte de Barbara. Supongo que la reñía. Siempre era muy feliz cuando estaba conmigo. Él le hacía ver que le estaba arruinando su preciosa carrera, ¡ya le daría yo carrera!, y eso acabó por desmoronarla. Ese tipo es muy duro, no se le mueve ni un pelo. Me dijo como si tal cosa que ahora se marcha a África. No me extrañaría, Hastings, que él la hubiera asesinado.

—No lo dirá en serio —protesté.

—No, no lo digo en serio. Más que nada porque creo que, si la hubiera asesinado, no lo hubiera hecho de esa manera. Me refiero a que, si estaba trabajando con la fisostigmina, no sería tan tonto como para utilizarla. Pero tanto da, Hastings, no soy el único que cree que Franklin es un tipo sospechoso. Me lo comentó una persona que es la más indicada para saberlo.

—¿Quién es?

—La enfermera Craven —respondió sir William Boyd Carrington en voz baja.

—¿Qué? —exclamé sin disimular mi sorpresa.

—Chis, no grite. Sí, la enfermera Craven me lo dijo. Es una chica muy lista, tiene cabeza. No le gusta Franklin, siempre le ha tenido desconfianza.

Me extrañó. Yo hubiese dicho que a la enfermera Craven no le gustaba su paciente. De pronto se me ocurrió que la señorita Craven debía de saber muchas cosas del matrimonio Franklin.

—Esta noche está aquí —añadió sir William.

—¿Cómo?

Me sorprendió la noticia porque la enfermera Craven se había marchado inmediatamente después del funeral.

—Solo por esta noche: está de paso —me explicó Boyd Carrington.

—Comprendo.

Me inquietó un poco la reaparición de la enfermera Craven, aunque no sabía muy bien la razón. ¿Había algún motivo para su regreso? Boyd Carrington había dicho que a ella no le gustaba el doctor Franklin.

—La señorita Craven no tiene ningún derecho a insinuar cosas contra el doctor Franklin —manifesté con una súbita vehemencia, más que nada para tranquilizarme a mí mismo—. Después de todo, fue ella la que ayudó a establecer que se trató de un suicidio. Su testimonio y el hecho de que Poirot viera a la señora Franklin salir del laboratorio con un frasco en la mano.

—¿Qué importancia tiene un frasco? —replicó Boyd Carrington—. Las mujeres siempre llevan frascos: de perfume, de esmalte de uñas, de tintes para el pelo. Recuerdo haber visto a su hija con un frasco en la mano aquella misma noche. Eso no quiere decir que estuviese pensando en el suicidio, ¿no? ¡Tonterías!

Se interrumpió al ver que se acercaba Allerton. Como si estuviéramos en un melodrama, se oyó el retumbar de los truenos en la distancia. Me dije, como muchas veces antes, que Allerton estaba hecho para el personaje de villano.

Sin embargo, no se encontraba en la casa la noche de la muerte de la señora Franklin. Además, ¿qué motivos podía tener para desear su muerte?

Sin embargo, después me dije que X nunca tenía un motivo. Ese era su punto fuerte y la única razón que nos impedía atraparlo. No obstante, en cualquier momento podía aparecer la oportunidad.

4

Creo que ha llegado el momento de dejar constancia de que ni una sola vez se me ocurrió que Poirot pudiera fracasar. En el conflicto entre Poirot y X, nunca me había planteado que X acabara siendo el ganador. A pesar de la debilidad y la mala salud de Poirot, tenía una fe ciega en su capacidad. Estaba acostumbrado a sus éxitos.

Sin embargo, fue el mismo Poirot quien sembró la primera semilla de la duda.

Entré a verlo antes de bajar al comedor. No recuerdo muy bien qué dijimos, pero de pronto utilizó la frase: «Si algo me sucediese...».

De inmediato manifesté mis protestas. No pasaría nada, no podía pasar nada.

—*Eh bien*, entonces no ha escuchado con atención lo que le dijo el doctor Franklin.

—Franklin no sabe nada. Todavía le quedan muchos años por delante, Poirot.

—Es posible, amigo mío, aunque muy poco probable. Pero ahora le hablo en particular y no en un sentido general. Aunque es posible que muera muy pronto, quizá no sea lo bastante deprisa como desea nuestro amigo X.

—¿Qué? —Mi rostro reflejó claramente mi asombro.

—Sí, Hastings. Después de todo, X es inteligente. De hecho, muy inteligente, y ya tiene muy claro que mi eliminación, aunque solo preceda a mi muerte natural por unos pocos días, podría representarle una inestimable ventaja.

—Pero si es así, ¿qué sucedería? —pregunté desconcertado.

—Cuando desaparece el coronel, *mon ami*, su segundo asume el mando. Usted continuará el trabajo.

—¿Cómo podría? Estoy a oscuras.

—Ya me he ocupado de eso. Si algo me ocurre, amigo mío, encontrará aquí —dio una palmadita a la caja de documentos— todas las pistas necesarias. Lo he preparado todo para cualquier eventualidad.

—No es necesaria tanta historia. Dígame ahora todo lo que hay que saber.

—No, amigo mío. El hecho de que usted no sepa lo que yo sé es una gran ventaja.

—¿Me ha dejado un escrito donde lo explica con todo lujo de detalles?

—Por supuesto que no. Podría llegar a las manos de X.

—Entonces, ¿qué me ha dejado?

—Pistas. Puede estar seguro de que para X no tienen ningún sentido, pero a usted lo conducirán hasta la verdad.

—No comparto su confianza. ¿Por qué tiene una mente tan tortuosa, Poirot? Siempre le gusta complicarlo todo. ¡Es algo típico en usted!

—¿Cree que me apasiona? ¿Es eso lo que quiere decir? Quizá. Pero no se desespere, mis indicaciones lo llevarán a la verdad, y quizá entonces —hizo una breve pausa— deseará no haber llegado tan lejos. En cambio dirá: «Abajo el telón».

Algo en su voz reavivó el temor que yo había experimentado antes. Era como si en alguna parte hubiera algo que me negaba a ver, algo que no podía tolerar, algo que ya sabía en lo más profundo de mi ser.

Me despedí de mi amigo y bajé a cenar.

Capítulo 17

La cena resultó ser una reunión bastante alegre. La señora Luttrell bajó a cenar y mostró la mejor faceta de su falsa jocosidad irlandesa. Franklin estaba más animado que nunca. Por primera vez vi a la enfermera Craven sin el uniforme y me pareció una joven muy atractiva ahora que no estaba de por medio la reserva profesional.

Cuando acabamos de cenar, la señora Luttrell propuso una partida de bridge, pero al final terminamos entreteniéndonos con otros juegos de mesa. Alrededor de las nueve y media, Norton anunció su intención de hacerle una visita a Poirot.

—Buena idea —respondió Boyd Carrington—. Es una lástima que no se encuentre bien. Subiré con usted.

Tuve que actuar con rapidez.

—Oiga, si no le importa..., la verdad es que se fatiga mucho si tiene que hablar con más de una persona a la vez.

Norton me siguió el juego y se apresuró a decir:

—Le prometí prestarle un libro sobre pájaros.

—De acuerdo —dijo Boyd Carrington—. ¿Volverá usted, Hastings?

—Sí.

Subí con Norton. Poirot lo esperaba. Después de un par de palabras bajé al salón. Comenzamos un juego de mesa.

Me pareció que Boyd Carrington estaba molesto por la animación que había esta noche en Styles. Quizá creía que era poco apropiado cuando hacía tan poco de la tragedia. No se concentraba en el juego, se olvidaba de lo que estaba haciendo y, al final, acabó por abandonar la partida.

Fue hasta la ventana y la abrió. Se oían los truenos a lo lejos. Por alguna parte había una tormenta que aún no nos había alcanzado. Sir William cerró la ventana. Durante un par de minutos nos miró jugar y después salió del salón.

Me fui a la cama a las once menos cuarto. No me acerqué a la habitación de Poirot. Quizá ya dormía. Además, no tenía ganas de hablar sobre Styles y sus problemas. Quería dormir, meterme en la cama y olvidarme de todo.

Acababa de cerrar los ojos cuando me despertó un ruido. Me pareció que habían llamado a mi puerta. Dije: «Adelante», pero como no recibí respuesta, encendí la luz, fui hasta la puerta y asomé la cabeza.

Vi a Norton, que salía del baño y entraba en su habitación. Vestía una bata de cuadros de un color horrendo y tenía el pelo erizado como de costumbre. Cerró la puerta y oí que giraba la llave en la cerradura.

Oí un trueno. La tormenta estaba cada vez más cerca.

Volví a la cama con un leve sentimiento de inquietud provocado por aquel sonido.

Sugería, muy vagamente, unas posibilidades siniestras. Me pregunté si Norton tenía la costumbre de cerrar la puerta con llave. ¿Se lo había aconsejado Poirot? Recordé con una súbita inquietud que la llave de la habitación de Poirot había desaparecido.

Permanecí acostado mientras mi nerviosismo crecía por momentos. La tormenta aumentaba mi inquietud. Acabé por levantarme y cerré la puerta con llave. Después volví a la cama y me quedé dormido.

2

Fui a ver a Poirot antes del desayuno.

Lo encontré en la cama y me asustó su mal aspecto. Las huellas del agotamiento se marcaban en su rostro con toda claridad.

—¿Cómo se encuentra?

Me sonrió con un gesto de resignación.

—Existo, amigo mío, todavía existo.

—¿Le duele?

—No. Solamente es cansancio. —Exhaló un suspiro—. Estoy muy cansado.

—¿Qué pasó anoche? ¿Norton le dijo lo que había visto aquel día?

—Sí, me lo dijo.

—¿Qué fue?

Poirot me miró durante un par de minutos con una expresión pensativa.

—No estoy muy seguro, Hastings, de que deba decírselo. Podría malinterpretarlo.

—¿De qué está hablando?

—Norton me dijo que vio a dos personas...

—Judith y Allerton —exclamé—. Ya lo decía yo.

—*Eh bien, non*. No eran Judith y Allerton. ¿No le he dicho que lo malinterpretaría? ¡Es usted un hombre de ideas fijas!

—Lo lamento —dije avergonzado—. Dígamelo.

—Se lo diré mañana. Ahora tengo que meditar sobre unas cuantas cosas.

—¿Tenía alguna relación con el caso?

Poirot asintió. Se reclinó en la almohada y cerró los ojos.

—El caso está cerrado. Sí, se acabó. Solo quedan algunos cabos sueltos. Baje a desayunar, amigo mío. Cuando salga, dígale a Curtiss que venga.

Así lo hice, y después bajé al comedor. Quería ver a Norton. Sentía una gran curiosidad por saber qué le había dicho a Poirot.

Así y todo, algo en mi subconsciente me impedía estar contento. La falta de entusiasmo de Poirot me resultaba extraña. ¿Por qué la insistencia en el secreto? ¿A qué se debía aquella profunda e inexplicable tristeza? ¿Cuál era la verdad en todo este asunto?

Norton no bajó a desayunar.

Salí a dar un paseo por el jardín. El aire era puro y fresco después de la tormenta. Había llovido mucho. Me encontré con Boyd Carrington. Me complació verlo y lamenté no poder compartir con él mis confidencias. Lo había deseado desde el primer día, y ahora estaba muy tentado de hacerlo. Poirot no estaba capacitado para seguir adelante solo.

Boyd Carrington se veía tan lleno de vida, tan seguro de sí mismo, que me sentí reconfortado.

—Esta mañana se le han pegado las sábanas —comenté.

—Sí, he dormido hasta tarde.

—Menuda tormenta. ¿Oyó los truenos?

Recordé que había oído los truenos en sueños.

—Anoche no me sentía muy bien —continuó sir William—. En cambio, hoy estoy de maravilla. —Extendió los brazos y bostezó.

—¿Dónde está Norton? —pregunté.

—Me parece que todavía sigue en la cama. Menudo dormilón.

Los dos dirigimos nuestras miradas hacia el primer piso porque la ventana de la habitación de Norton estaba justo encima de nosotros. Me inquieté al ver que la ventana de Norton era la única que permanecía cerrada en toda la fachada.

—Es extraño. ¿Cree usted que se han olvidado de llamarlo?

—Sí, es curioso. Espero que no esté enfermo. Vamos a verlo.

Subimos juntos. Una de las doncellas, una joven bastante tonta, estaba en el pasillo. En respuesta a nuestras preguntas dijo que el señor Norton no le había respondido cuando llamó para despertarlo, y que la puerta estaba cerrada con llave.

Me invadió un desagradable presentimiento. Golpeé con insistencia al tiempo que llamaba:

—¡Norton, Norton, despierte!

Cada vez más nervioso, repetí:

—¡Vamos, hombre, despierte!

3

Cuando fue obvio que no obtendríamos respuesta, fuimos a buscar al coronel Luttrell. Nos escuchó con cierta inquietud mientras se tiraba del bigote, indeciso.

La señora Luttrell, en cambio, decidió en el acto lo que se debía hacer.

—Tienes que abrir esa puerta como sea.

No quedaba otro remedio. Por segunda vez en mi vida, presencié cómo echaban abajo una puerta en Styles. Detrás de ella volví a encontrarme con lo que me había encontrado la primera vez. Una muerte violenta.

Norton yacía en la cama con la bata de cuadros. La llave de la puerta estaba en uno de los bolsillos. En la mano empuñaba una pistola de calibre pequeño, poco más que un juguete, pero letal. Tenía un agujero en el centro mismo de la frente.

Por un momento me hizo pensar en algo que no pude precisar, algún recuerdo seguramente muy antiguo.

Me sentía demasiado cansado para recordar.

Poirot vio mi expresión cuando entré en su cuarto y se apresuró a preguntarme:

—¿Qué ha pasado? ¿Norton?

—¡Está muerto!

—¿Cómo? ¿Cuándo?

Le ofrecí una versión abreviada de los hechos.

—Dicen que es un suicidio. ¿Qué otra cosa pueden decir? La puerta estaba cerrada por dentro. También la ventana. Tenía la llave en el bolsillo. Yo mismo lo vi entrar en su habitación y cerrar con llave.

—¿Usted lo vio, Hastings?

—Sí, anoche.

Se lo expliqué.

—¿Está usted seguro de que era Norton?

—Por supuesto. Reconocería esa espantosa bata vieja en cualquier parte.

Por un momento, Poirot volvió a ser el de antes.

—Ah, pero está usted identificando a un hombre, no una bata. *Ma foi!* Cualquiera puede vestir una bata.

—Es cierto —respondí despacio—, no le vi la cara, pero el pelo era el mismo, y aquella leve cojera...

—Cualquiera puede simular una cojera, *mon Dieu!*

Lo miré desconcertado.

—¿Está sugiriendo, Poirot, que la persona que vi no era Norton?

—No le estoy sugiriendo nada por el estilo. Solo me enfadan las razones poco científicas que me ofrece como prueba de que se trataba de Norton. No, no, ni se me ocurriría sugerir que no era Norton. Es imposible que fuera otra persona porque aquí todos los hombres que hay son altos, mucho más altos que el difunto, y la estatura es algo que no se puede disimular. Diría que Norton no pasaba del metro sesenta. *Tout de même*, es como un truco de magia. Entra en su habitación, cierra con llave, la guarda, y lo encuentran muerto con la pistola en la mano y la llave en el bolsillo.

—Entonces, ¿no cree que se suicidara?

Poirot negó con la cabeza.

—No, Norton no se suicidó. Lo mataron premeditadamente.

4

Bajé la escalera hecho un lío. El asunto era tan inexplicable que se me puede perdonar por no haber visto el siguiente paso inevitable. Mi mente no funcionaba correctamente.

Sin embargo, era tan lógico... Habían asesinado a Norton, ¿por qué? Para impedir, o al menos así lo creía, que hablara sobre lo que había visto.

Pero se lo había dicho a una persona.

Por lo tanto, dicha persona también estaba en peligro.

No solo se encontraba en peligro, sino que además estaba indefensa. Tendría que haberlo sabido.

Tendría que haberlo previsto.

«*Cher ami!*», me había dicho Poirot cuando salía de la habitación. Fueron las últimas palabras que lo oí decir, porque cuando Curtiss fue a ocuparse de su amo, lo encontró muerto.

Capítulo 18

1

No quiero escribir sobre este asunto.

Quiero pensar lo menos posible en todo esto. Hércules Poirot estaba muerto y, con él, había muerto también una buena parte de Arthur Hastings.

Les ofreceré los hechos sin más comentarios. Es lo único que me veo con fuerzas de hacer.

Dijeron que había muerto por causas naturales. Hablaron de un ataque cardíaco. Había fallecido tal como había previsto Franklin. Sin duda, el sobresalto provocado por la muerte de Norton había precipitado su fallecimiento. Al parecer, seguramente por un descuido, no había tenido a mano las ampollas de nitrato de amilo.

¿Era un descuido? ¿Podía haberlas retirado alguien con toda intención? No, tenía que ser alguna otra cosa. X no podía anticipar que Poirot sufriría un ataque mortal.

Como ven, me negaba a creer que la muerte de Poirot fuera natural. Lo habían asesinado, lo mismo que a Norton y a Barbara Franklin. No sabía por qué los habían asesinado y mucho menos quién lo había hecho.

Se celebró el juicio por la muerte de Norton y el veredicto fue que se había suicidado. La única cosa poco clara la planteó el forense cuando dijo que era extraño que un hombre se suicidara disparándose un tiro en el centro de la frente. Pero esa fue la única duda. Todo lo demás era claro como el agua. La puerta cerrada por dentro, la llave en el bolsillo del difunto, la ventana cerrada, la pistola en la mano. Norton se había quejado de dolor de cabeza, y, por lo visto, algunas de sus inversiones se habían ido a pique. No eran razones suficientes para justificar un suicidio, pero algo tenían que ver.

La pistola era de su propiedad. La doncella la había visto sobre la cómoda en un par de ocasiones mientras arreglaba la habitación. No había nada más que agregar. Otro crimen perpetrado a la perfección y, como siempre, sin una solución alternativa.

En el duelo entre X y Poirot, había ganado X.

Ahora me tocaba a mí.

Fui a la habitación de Poirot y me llevé la caja de documentos.

Sabía que me había designado su albacea y, por lo tanto, estaba en mi derecho a hacerlo.

Entré en mi habitación y abrí la caja.

Me quedé de piedra. ¡Todos los recortes y documentos sobre los casos de X habían desaparecido! Los había visto un par de días antes, cuando Poirot había abierto la caja. Aquí tenía la prueba, si es que la necesitaba, de que esto era obra de X, aunque siempre cabía la posibilidad (muy poco creíble) de que Poirot se hubiera deshecho de los papeles.

X, X, siempre el maldito X.

Pero la caja no estaba vacía. Recordé la promesa de Poirot de que encontraría otras pistas que X desconocía. ¿Serían estas?

Había un libro de una de las obras de Shakespeare, *Otelo*, en una edición barata. El otro ejemplar era *John Ferguson*, de St. John Ervine. Había un marcapáginas en el tercer acto.

Me quedé mirando los dos libros como un estúpido.

Aquí estaban las pistas que me había dejado Poirot y no tenían el más mínimo sentido para mí.

¿Qué podían significar?

Solo se me ocurrió pensar en un código. Una clave basada en las palabras de las obras.

Pero, si era así, ¿cómo descifraría el código?

No había palabras ni letras sueltas subrayadas en ninguna página. Probé con calor, pero no había nada escrito con tinta invisible.

Leí con mucha atención el tercer acto de *John Ferguson*. Una admirable y emocionante escena en la que Clutie John se sienta y habla, y que acaba con el joven Ferguson marchándose a la búsqueda del hombre que ha deshonrado a su hermana. Una descripción magistral, pero no podía creer que Poirot me la hubiera señalado para mejorar mis gustos literarios.

Fue entonces, mientras pasaba las páginas, cuando apareció un trozo de papel. Había una frase escrita con la letra de Poirot. «Hable con George, mi ayuda de cámara.»

Al fin, una pista. Con toda seguridad, la clave del código, si es que se trataba de un código, la tenía George. Averiguaría su dirección e iría a verlo.

Pero primero quedaba pendiente el penoso asunto de enterrar a mi querido amigo.

Styles era el lugar donde había vivido cuando llegó a este país y aquí yacería en su eterno descanso.

Judith fue muy amable conmigo durante estos días.

Pasó mucho tiempo en mi compañía y me ayudó con los arreglos. Se mostró compasiva y cariñosa. Elizabeth Cole y Boyd Carrington también fueron muy amables.

Elizabeth Cole se mostró menos afectada de lo que esperaba por la muerte de Norton. Si sentía una pena profunda, se la guardó para ella misma.

Así fue como acabó todo.

2

Sí, debo escribirlo.

Hay que contarlo.

Se celebró el funeral. Yo estaba sentado con Judith e intentaba trazar algunos planes para el futuro. Fue entonces cuando me dijo:

—Pero, querido padre, yo no estaré aquí.

—¿No estarás aquí?

—No estaré en Inglaterra.

La miré sin disimular mi asombro.

—No quise decírtelo antes, papá. No quería empeorar las cosas, pero ha llegado el momento de contártelo. Espero que no te enfades. Verás, me marcho a África con el doctor Franklin.

Estallé. Era imposible. No podía hacer algo así. Todo el mundo hablaría de ellos. Ser su ayudante en Inglaterra y sobre todo cuando su esposa vivía era una cosa, pero otra muy distinta marcharse con él al extranjero. Era intolerable y se lo prohibía. ¡Judith no podía cometer semejante barbaridad!

Ella no me interrumpió. Me dejó acabar, mientras sonreía.

—Papá, no me marcho con él como su ayudante. Me marcho convertida en su esposa.

Fue un golpe en medio de la frente.

—¿Qué... qué pasa... con Allerton? —tartamudeé.

—Nunca hubo nada entre nosotros —respondió con una expresión divertida—. Te lo habría dicho si no me hubieses hecho enfadar tanto. Además, quería que pensaras precisamente eso. No quería que supieras que se trataba de John.

—Pero vi cómo Allerton te besaba una noche en la terraza.

—Aquella noche me sentía fatal —afirmó impaciente—. Pero esas cosas pasan. No creo que sea una sorpresa para ti.

—No puedes casarte con Franklin —insistí—. Es demasiado pronto.

—Sí que puedo. Quiero marcharme con él y tú mismo acabas de decir que es más fácil. Ahora no tenemos ningún motivo para esperar.

Judith y Franklin. Franklin y Judith.

¿Comprenden ustedes los pensamientos que acudieron a mi mente, las dudas que rondaban por mi cabeza desde hacía tiempo?

Judith con un frasco en la mano; Judith declarando con voz apasionada que las vidas inútiles debían dejar paso a las útiles; Judith, a la que quería con locura y a la que también quería Poirot. Aquellas dos personas que había visto Norton... ¿habían sido Judith y Franklin? Si era así..., si era así, no, no podía ser cierto. Judith no. Quizá Franklin, un hombre extraño, despiadado, un hombre que, si decidía asesinar, no vacilaría en hacerlo todas las veces que fuera necesario.

Poirot había querido hablar con Franklin.

¿Por qué? ¿Qué le había dicho aquella mañana?

Pero no Judith. Era imposible que se tratara de mi hermosa, seria y amada Judith.

Sin embargo, la expresión de Poirot había sido muy extraña cuando profirió: «Deseará no haber llegado tan lejos. En cambio dirá: "Abajo el telón"».

Entonces se me ocurrió otra idea. ¡Monstruosa! ¡Imposible! ¿Era la historia de X una invención? ¿Había acudido Poirot a Styles porque intuía una tragedia en el matrimonio Franklin? ¿Había venido para vigilar a Judith? ¿Era ese el motivo por el que no había querido sincerarse conmigo? ¿La historia de X solo había sido una cortina de humo?

¿Era Judith el personaje central de la tragedia?

¡*Otelo!* *Otelo* era el libro que había cogido de la mesa librería la noche de la muerte de la señora Franklin. ¿Era esa la pista?

La misma noche en la que alguien había mencionado que Judith tenía el mismo aspecto que su tocaya antes de cortarle la cabeza a Holofernes. ¿Judith con la muerte en el corazón?

Capítulo 19

Escribo esto en Eastbourne.

Vine a Eastbourne para ver a George, el antiguo ayuda de cámara de Poirot...

George había estado con Poirot durante muchos años. Es un hombre competente, práctico y carente de toda imaginación. Siempre ha dicho las cosas al pie de la letra y las ha aceptado de la misma manera.

Fui a verlo, le informé de la muerte de Poirot y reaccionó como era de esperar. Se mostró compungido, apenado y casi consiguió disimularlo del todo.

Cuando consideré que era el momento oportuno, le pregunté:

—Le dejó un mensaje para mí, ¿no es así?

—¿Para usted, señor? —replicó George en el acto—. No, no que yo sepa.

Me sorprendió su respuesta. Insistí, pero se mantuvo en sus trece.

—Supongo que estoy en un error —admití finalmente—. Bueno, qué le vamos a hacer. Lamento que no estuviera usted con él en sus últimos momentos.

—Yo también, señor.

—Claro que, si su padre estaba enfermo, no podía usted hacer otra cosa.

George me miró de una manera muy curiosa.

—Perdón, señor, pero no le comprendo.

—Tuvo usted que dejarlo todo para venir a cuidar de su padre, ¿no?

—No quería marcharme, señor. Monsieur Poirot me ordenó hacerlo.

—¿Se lo ordenó? —Lo miré estupefacto.

—No quiero decir, señor, que me despidiera. Acordamos que regresaría a su servicio más adelante, pero me marché por deseo expreso de monsieur Poirot, quien dispuso que cobrara una cantidad adecuada mientras estaba aquí con mi padre.

—¿Por qué, George, por qué?

—No se lo sabría decir, señor.

—¿No se lo preguntó?

—No, señor. No creo que me correspondiera hacerlo. Monsieur Poirot siempre tenía sus ideas. Un caballero muy inteligente y muy respetable.

—Sí, sí —murmuré distraído.

—Muy especial en cuanto al vestuario, aunque se inclinaba por las prendas extranjeras, usted ya me entiende. Pero, por supuesto, eso es muy comprensible para tratarse de un caballero foráneo. También en lo que se refería al pelo y el bigote.

—Ah, su famoso bigote —exclamé un tanto apenado al recordar el orgullo con que mi amigo lo lucía.

—Sobre todo el bigote —prosiguió George—. No lo llevaba precisamente a la moda, pero a él le quedaba muy bien, señor, usted ya me entiende.

Lo entendía. Después murmuré con delicadeza:

—¿Supongo que se lo teñiría como hacía con el pelo?

—Se daba algunos toques en el bigote, pero hacía años que no se teñía el pelo.

—Tonterías —afirmé—. Lo tenía negro como el azabache. Se veía tan artificial que cualquiera hubiese dicho que era una peluca.

George carraspeó con discreción.

—Perdón, señor, era una peluca. Se le caía mucho el pelo, así que decidió usar una peluca.

Me resultó extraño que un ayuda de cámara supiera más sobre un hombre que su amigo más íntimo.

Volví a la pregunta que más me interesaba.

—¿No sabe usted por qué monsieur Poirot le pidió que se marchara? Piense, hombre, piense.

George se aplicó concienzudamente, pero era evidente que pensar no era lo suyo.

—Solo se me ocurre, señor, que me despidió porque quería contratar a Curtiss.

—¿Curtiss? ¿Por qué iba a querer contratar a Curtiss?

George carraspeó una vez más.

—Verá, señor, no se lo puedo decir. Cuando le vi, no me pareció un..., le pido que me perdone por la expresión, un espécimen especialmente brillante, señor. Tenía una gran fuerza física, por supuesto, pero nunca lo hubiera considerado como la persona adecuada para monsieur Poirot. Creo que estuvo trabajando como asistente en una institución psiquiátrica.

Miré a George.

¡Curtiss!

¿Era esa la razón por la que Poirot había insistido en decirme tan poco? ¡Curtiss, el único hombre al que no había tenido en cuenta! Sí, y Poirot se había sentido muy satisfecho, mientras me tenía a mí dedicado a buscar al misterioso X entre los huéspedes de Styles. Pero X no era un huésped.

¡Curtiss!

Un antiguo asistente en una institución psiquiátrica. ¿No había leído en alguna parte que algunas personas que habían estado ingresadas en casas de salud y asilos psiquiátricos se quedaban allí o regresaban para trabajar como asistentes?

Un hombre extraño, de pocas luces, un hombre capaz de matar por alguna retorcida razón que solo él conocía.

Si era así, si era así...

Entonces, se disiparía la nube negra que me rodeaba.

¿Curtiss?

Posdata

Nota del capitán Hastings

El siguiente manuscrito llegó a mi poder cuatro meses después de la muerte de mi amigo Hércules Poirot. Recibí una carta de una firma de abogados en la que se me invitaba a visitar sus oficinas. Allí, «de acuerdo con las instrucciones de nuestro cliente, el difunto monsieur Hércules Poirot», me entregaron un paquete lacrado. A continuación reproduzco su contenido.

Manuscrito de Hércules Poirot

Mon cher ami:

Llevaré muerto cuatro meses cuando lea usted estas líneas. He meditado mucho sobre la conveniencia o no de escribirlas, y he decidido que es necesario que alguien sepa la verdad del segundo «misterioso caso de Styles». También me arriesgo a suponer que, cuando lea usted esto, habrán pasado por su cabeza las ideas más estrafalarias y que eso le habrá producido más de un disgusto.

Pero permítame que le diga una cosa: usted tendría que haber llegado a la verdad, *mon ami*, sin problemas. Me ocupé de darle todas y cada una de las indicaciones. Si no lo hizo es porque, como siempre, es usted una persona de una naturaleza tan confiada como hermosa. *À la fin comme au commencement.*

Pero usted tendría que saber quién mató a Norton, aunque todavía no sepa quién mató a Barbara Franklin. Esto último quizá resulte un *shock* para usted.

Para empezar, como usted sabe, le mandé llamar. Le dije que le necesitaba. Era cierto. Le dije que quería que fuera mis ojos y mis oídos. Esto también era cierto, muy cierto, pero no en el sentido en que usted lo entendió. Usted debía ver lo que yo quería que viera y oír lo que yo quería que oyera.

Usted se quejó, *cher ami*, de mis reticencias a la hora de presentarle el caso. No le informé de cosas que yo sabía. Me negué a revelarle la identidad de X. Lo cual es la pura verdad. Me vi obligado a ello, pero no por las razones que manifesté. Ya comprenderá cuáles eran en su momento.

Ahora pasemos a examinar el tema de X. Le mostré los resúmenes de varios casos. Le señalé que en cada uno quedaba bien claro que la persona acusada o sospechosa había cometido el crimen en cuestión, que no había ninguna solución alternativa. Después pasé al segundo hecho importante: que, en cada caso, X había estado en la escena del crimen o se había visto muy involucrado. Fue entonces cuando llegó usted a una conclusión que, paradójicamente, era tan verdadera como falsa. Usted dijo que X había cometido todos los crímenes.

Pero, amigo mío, las circunstancias eran tales que en cada caso (o casi en todos) solo la persona acusada podía haber cometido el crimen. Por otro lado, si era así, ¿cómo explicar la participación de X? De no ser una persona vinculada a la policía o a una firma de abogados criminalistas, no es razonable que un hombre o una mujer esté involucrado en cinco casos distintos de asesinato. ¡Es algo, compréndame, que nunca se ha dado! Nunca, que yo sepa, alguien ha dicho confidencialmente: «¡He conocido a cinco asesinos!». No, no, *mon ami*, es imposible. Así que llegamos al curioso resultado de que nos encontramos frente a un catalizador, como si se produjera una reacción entre dos sustancias que tiene lugar en presencia de una tercera, con la particularidad de que la tercera no sufre alteración alguna. Ese es el planteamiento. Significa que X está presente, ocurren los asesinatos, pero X no participa en ellos.

¡Una situación extraña y anormal! Entonces comprendí que me había cruzado, al final de mi carrera, con el asesino perfecto, un criminal que ha inventado una técnica que le asegura que nunca lo atrapen.

Era sorprendente, pero no novedoso. Había paralelismos. Aquí entra la primera de las «pistas» que le dejé: Otelo. Allí tenemos magníficamente descrito al X original. Yago es el asesino perfecto. Las muertes de Desdémona y Cassio, incluso la de Otelo, son todos crímenes de Yago, planeados y dirigidos por él, mientras permanece fuera del círculo, lejos de toda sospecha. Porque su gran Shakespeare, amigo mío, tuvo que enfrentarse con el dilema que le había planteado su propio arte. Para desenmascarar a Yago tuvo que apelar al más burdo de los recursos, el pañuelo, algo que no tenía nada que ver con la forma de actuar de Yago y un error que sabemos que no cometería.

Sí, ahí está la perfección del arte del asesinato. Yago ni siquiera tiene que sugerirle directamente a nadie que cometa un crimen. Siempre da la sensación de que está apartando a los demás de la violencia, y refuta con horror las sospechas que nadie ha tenido hasta que él las menciona.

La misma técnica la encontramos en el brillante tercer acto de John Ferguson, donde el «tonto» de Clutie John induce a todos los demás a que maten al hombre que odia. Es una obra maestra de sugestión psicológica.

Ahora debe comprender una cosa, Hastings. Todos somos asesinos en potencia. En todos nosotros aparece de cuando en cuando el deseo de matar, aunque no la voluntad de matar. Cuántas veces no ha oído decir: «Me puso tan furioso que la hubiera matado», «¡Hubiera matado a B por decir esto o aquello!», «Estaba tan irritado que lo hubiera asesinado en aquel mismo instante». Todas estas declaraciones son ciertas. En su mente, en tales momentos, está muy claro. Le gustaría matar a Fulano de Tal. Pero no lo hace. Su voluntad se impone a su deseo. En los niños, el freno no es tan eficaz. Conocí a un niño que se enfadó con su gatito y le dijo: «Quédate quieto o te daré un golpe en la cabeza y te mataré». Lo hizo, y al cabo de un segundo se quedó sorprendido y horrorizado al comprender que el gatito no volvería a la vida, porque el niño quería muchísimo a su mascota. Por lo tanto, todos somos asesinos en potencia. El arte de X era este: no sugerir el deseo, sino romper la resistencia a hacerlo. Era un arte perfeccionado con años de práctica. X conocía la palabra exacta, la frase precisa, la entonación correcta para sugerir y provocar una presión insoportable en el punto débil. Es perfectamente posible. Se hizo sin que la víctima llegara a sospechar en ningún momento. No se trataba de hipnotismo, es imposible que el hipnotismo consiga esos efectos. Era algo más insidioso, más letal. Era utilizar las fuerzas de un ser humano para ampliar la brecha en lugar de cerrarla. Apelaba a lo mejor del hombre para ponerlo al servicio de lo peor.

Usted tendría que saberlo, Hastings, porque le ocurrió a usted.

Por lo tanto, quizá ahora comience a comprender el verdadero significado de algunos de mis comentarios que tanto le molestaron y le confundieron. Cuando hablé de que se cometería un crimen, no siempre me refería al mismo crimen. Le dije que me encontraba en Styles con un propósito. Estaba allí, le dije, porque se iba a cometer un crimen. Usted se sorprendió ante mi certeza. Pero si se lo podía asegurar era porque yo mismo sería el autor del asesinato.

Sí, amigo mío, es extraño, ridículo y terrible. Yo, que no apruebo el crimen, que valoro la vida humana por encima de todo lo demás, he acabado mi carrera cometiendo un asesinato. Quizá porque he sido demasiado escrupuloso, demasiado consciente de la rectitud, me he topado con este dilema. Verá, Hastings, el asunto tiene dos caras. Mi trabajo en la vida es salvar a los inocentes, evitar el crimen, y esta era la única manera de hacerlo. No se equivoque, X estaba fuera del alcance de la ley. Estaba a salvo. Pese a mi ingenio, no encontré otra manera para vencerlo.

Sin embargo, amigo mío, me resistía. Comprendía que se debía hacer, pero no me veía con fuerzas para hacerlo. Era como Hamlet, demorando una eternidad el día fatídico. Entonces ocurrió el siguiente intento de asesinato, el disparo contra la señora Luttrell.

Sentía curiosidad, Hastings, por ver si su bien conocido don para lo evidente funcionaría. Funcionó. Su primera reacción fue empezar a sospechar de Norton. Tenía usted toda la razón. Norton era el hombre. Usted no tenía ninguna base para su creencia, excepto la opinión, muy lógica aunque no muy firme, de que era un hombre insignificante. Creo que fue ese el instante en que estuvo más cerca de la verdad.

He estudiado la historia de su vida con mucho cuidado. Era hijo único de una mujer autoritaria. En ningún momento demostró ser capaz de imponer o impresionar a los demás con su personalidad. Era cojo desde la infancia y el defecto le había impedido participar en los juegos escolares.

Una de las cosas más importantes que usted me dijo sobre él fue cuando me contó que, de pequeño, Norton se mareó en la escuela al ver cómo mataban a un conejo, y sus compañeros se rieron de él. Creo que ese incidente lo impresionó muchísimo. Le desagradaba la sangre y la violencia, y eso trajo como consecuencia su descrédito ante sus compañeros. Yo diría que en su subconsciente esperó para redimirse comportándose de una manera atrevida y despiadada.

Supongo que comenzó a descubrir, siendo muy joven, su capacidad para manipular a las personas. Sabía escuchar, era una persona amable y comprensiva. Caía bien a todos, aunque no le prestaban mucha atención. Esto le molestaba, y después aprendió a aprovecharlo. Descubrió lo sencillo que era influir en los demás si utilizaba las palabras adecuadas y los estímulos correctos. Lo único que se necesitaba era comprenderlos, penetrar en sus pensamientos, conocer sus reacciones y sus deseos secretos.

¿Se da cuenta, Hastings, de que ese descubrimiento puede alimentar el ansia de poder? Aquí estaba él, Stephen Norton, que caía bien a todos aunque lo ignoraban, capaz de conseguir que las personas hicieran cosas que no querían hacer, o (tome buena nota de esto) que creían que no querían hacer.

Me lo imagino desarrollando esta habilidad. Poco a poco fue adquiriendo un gusto morboso por la violencia indirecta. La violencia para la que carecía de valor físico y por cuya falta lo despreciaban.

Sí, su pasatiempo creció y creció hasta convertirse en una pasión, ¡en una necesidad! Era una droga, Hastings, una droga que inducía un ansia tanto o más fuerte que la del opio o la cocaína.

Norton, el hombre amable y bondadoso, era un sádico. Era un adicto al dolor, a la tortura mental. Ha habido una epidemia de eso en el mundo durante los últimos años. *L'appétit en mangeant*.

Alimentaba dos ansias: la del sádico y la de poder. Él, Norton, tenía las llaves de la vida y la muerte.

Como cualquier otro perturbado, necesitaba continuar. No tengo ninguna duda de que no son solo cinco casos, sino muchos más. En cada uno de estos, interpretó el mismo papel. Conocía a Etherington, pasó un verano en el pueblo donde vivía Riggs y bebía con él en el pub local. Conoció a Freda Clay durante un crucero y le inoculó la idea de que la muerte sería un bien para su vieja tía, y que a ella le garantizaría una vida de placer sin apuros económicos. Era amigo de los Litchfield y, a través de sus conversaciones con Norton, Margaret Litchfield se vio a ella misma en el papel de la heroína que rescataba a sus hermanas de una vida de opresión y miseria. Pero no creo, Hastings, que ninguna de estas personas hubiera hecho lo que hicieron de no haber sido por la influencia de Norton.

Ahora llegamos a los acontecimientos en Styles. Llevaba algún tiempo detrás de las huellas de Norton. Se había hecho amigo de los Franklin y olí el peligro de inmediato. Debe usted entender que incluso Norton necesitaba una base sobre la que trabajar. Solo se puede crear una cosa cuando se tiene la semilla. Por ejemplo, siempre he creído que Otelo estaba convencido (y posiblemente tenía razón) de que Desdémona ansiaba el amor por un héroe, por un guerrero famoso, y no por Otelo el hombre. Quizá Otelo comprendió que Cassio era la verdadera pareja de Desdémona y que, con el tiempo, ella también se daría cuenta.

Los Franklin eran la pareja perfecta para nuestro amigo Norton. ¡Se le ofrecían tantas posibilidades! Sin duda ya se habrá dado cuenta, Hastings (cualquiera con un poco de sentido podía verlo con toda claridad desde el primer momento), de que Franklin y Judith estaban enamorados. La brusquedad del hombre, el no querer mirarla, el rechazo a cualquier muestra de cortesía, tendrían que haberle indicado que el hombre estaba locamente enamorado de su hija. Pero Franklin es una persona con un carácter fuerte y con una gran rectitud. Su discurso es de una brutalidad sorprendente, pero es alguien con unas normas muy claras. En su código, el hombre se mantiene fiel a la esposa que ha elegido.

Judith, como cualquiera con ojos en la cara podía darse cuenta, estaba profundamente enamorada. Creyó que usted lo había descubierto el día que la encontró en la rosaleda. De ahí su furioso arrebato. Las personas con su carácter no soportan la más mínima expresión de piedad o simpatía. Era como hurgar en una herida abierta.

Entonces ella descubrió que usted creía que el elegido era Allerton. Dejó que lo creyera para protegerse de nuevas muestras de simpatía por su parte. Coqueteó con Allerton para compensar su frustración. Sabía muy bien la clase de hombre que era. La divertía, pero ella nunca sintió nada por el comandante.

Norton, desde luego, sabía a la perfección de qué lado soplaba el viento. Vio posibilidades en el trío Franklin. Yo diría que primero lo intentó con Franklin, pero no consiguió nada. Franklin es la clase de hombre inmune a las insidias. Tiene una mentalidad donde las cosas son blancas o negras, con un conocimiento exacto de sus sentimientos, y al que le traen al fresco las presiones exteriores. Además, la gran pasión de su vida es el trabajo. Su dedicación lo hace mucho menos vulnerable.

Norton tuvo más éxito con Judith. Se valió con habilidad del tema de las vidas inútiles. Era un artículo de fe para Judith, y el hecho de que sus deseos coincidieran fue algo que ella no advirtió, mientras que Norton lo empleó a su favor. Fue muy astuto. Adoptó el punto de vista opuesto y ridiculizó con cordialidad la idea de que ella fuese capaz de llevar a la práctica lo que proclamaba: «¡Es lo que dicen todos los jóvenes, pero nunca lo hacen!». Es una provocación burda y manida, pero resulta asombroso ver cómo funciona. ¡Los chicos son tan vulnerables! Siempre dispuestos, aunque no quieran reconocerlo, a caer en la trampa.

Con la desaparición de la inútil Barbara, el camino quedaría despejado para Franklin y Judith. Eso no se decía, en ningún momento se expresó abiertamente. Se insistió en que la cuestión personal no tenía nada que ver, nada en absoluto. Porque si Judith se hubiera dado cuenta de que sí que tenía que ver, habría reaccionado con agresividad. Pero, para alguien adicto al crimen como Norton, no había bastante. Veía oportunidades para saciar su placer en todas partes. Los Luttrell fueron otras de sus víctimas.

Haga memoria, Hastings. Recuerde la primera noche que jugó al bridge, los comentarios que le hizo Norton, manifestados en voz tan alta que usted tuvo miedo de que los oyera el coronel. ¡Por supuesto! ¡Norton quería que los oyera! Nunca desperdiciaba una oportunidad para machacar, para meter el dedo en la llaga. Al final, sus esfuerzos dieron fruto. Ocurrió delante de sus narices, Hastings, y usted ni siquiera se percató de cómo lo hizo. Las bases ya estaban: el peso de la carga, la vergüenza, el resentimiento contra la esposa.

Recuerde con exactitud lo que ocurrió. Norton dijo que tenía sed. (¿Sabía que la señora Luttrell estaba en la casa y que intervendría?) El coronel reacciona como el generoso anfitrión que es por naturaleza. Invita a unas copas. Se levanta para ir al bar. Ustedes están sentados junto a la ventana. Aparece su esposa. Se produce la inevitable discusión. El coronel sabe que ustedes los escuchan. Vuelve a la terraza y se disculpa. El incidente se podría haber superado con un poco de habilidad. Boyd Carrington podría haberlo hecho muy bien. (Tiene tacto y un poco de sabiduría mundana, aunque por lo demás es una de las personas más pomposas y aburridas que he conocido, la clase de hombre que usted admira.) Usted mismo se las hubiera apañado para salvar la situación, pero Norton se apresura a intervenir. Parlotea sin parar con la intención de empeorar las cosas. Habla de las partidas de bridge (más humillaciones), recuerda accidentes de caza y, tal como pretende Norton, el muy idiota de Boyd Carrington muerde el anzuelo y comienza a relatar la historia del ayuda de cámara irlandés que le disparó a su hermano, una historia, Hastings, que Norton le contó a Boyd Carrington, a sabiendas de que la contaría como propia a la primera ocasión. Como ve, la sugerencia decisiva no la da Norton. *Mon Dieu, non!*

Ya está todo preparado. El efecto acumulativo. El punto de ruptura. Humillado como anfitrión, avergonzado ante otros hombres, mortificado por la convicción de que los demás lo desprecian por someterse con docilidad a la voluntad de su mujer, oye las palabras clave que le ofrecen la liberación. Carabina, accidente, el hombre que disparó a su hermano y, de pronto, ve asomar la cabeza de su mujer. «No hay riesgos, un accidente. Les enseñaré quién soy yo. Se lo enseñaré a ella..., ¡maldita sea! Ojalá estuviera muerta..., ¡la mataré!»

No la mató, Hastings. Creo que, cuando disparó, instintivamente falló el tiro porque no quería darle. Después, roto el hechizo, recordó que era su esposa, la mujer que amaba a pesar de todo.

Uno de los crímenes de Norton que falló.

¡Ah! Llegamos al siguiente intento. ¿Se da cuenta, Hastings, de que usted fue el siguiente? Haga memoria, recuérdelo todo. ¡Usted, mi honrado, mi bondadoso Hastings! Norton encontró todos los puntos débiles de su mente, y también todos los buenos y decentes.

Allerton es de la clase de hombres que le inspiran una repugnancia y un temor instintivos. Cree que a los tipos de su calaña habría que eliminarlos. Todo lo que oyó y pensó de él era cierto. Norton le contó una historia completamente cierta por lo que se refiere a los hechos, aunque omitió decir que la muchacha era una neurótica.

El relato conmovió sus instintos convencionales y algo anticuados. ¡El tipo es un villano, un seductor, el hombre que deshonra a las jóvenes empujándolas al suicidio! Norton convence a Boyd Carrington para que le aborde. Usted se ve impulsado a «hablar con Judith», quien, como era de esperar, le responde de inmediato que ella hará con su vida lo que le plazca, y usted piensa lo peor.

Vea ahora las diferentes teclas que toca Norton. Su amor por Judith. El fuerte y anticuado sentido de la responsabilidad que siente un hombre como usted por sus hijos. El convencimiento de que tiene que actuar: «Debo hacer algo. Todo depende de mí». Su sensación de impotencia por no tener el consejo prudente de su esposa. Su lealtad: «No puedo fallarle», y, por el lado más bajo, la vanidad. Por su asociación conmigo, conoce todas las tretas del oficio y, al final, los celos irrazonables y el instintivo rechazo al hombre que se la lleva. Norton tocó todos estos temas, Hastings, como un virtuoso, y usted respondió.

Usted acepta las cosas tal como parecen con excesiva facilidad. Siempre lo ha hecho. Creyó de buena fe que Judith era la mujer que hablaba con Allerton en el cenador. Sin embargo, usted no la vio; ni siquiera la oyó hablar. Increíblemente, a la mañana siguiente continuaba creyendo que era Judith. Se alegró cuando ella «cambió de opinión».

Pero si se hubiera tomado la molestia de examinar los hechos, habría descubierto de inmediato que Judith nunca había pensado en ir a Londres aquel día. Falló también al no ver la otra deducción evidente. Había alguien que quería ir a Londres aquel día y que estaba furiosa por no poder hacerlo: la enfermera Craven. Allerton no es de los que tienen bastante con una mujer. Sus relaciones con la enfermera Craven habían progresado más que el simple coqueteo con Judith.

Solo se trataba de escenas creadas por Norton.

Le parece que ve a Allerton y a Judith besándose, pero Norton le hace retroceder. Sin duda, él está enterado de que

Allerton está citado con la enfermera Craven en el cenador. Ustedes dos discuten, pero le deja ir en su compañía. La frase que oye en labios de Allerton encaja muy bien con sus propósitos y luego se apresura a alejarlo, antes de que tenga la oportunidad de descubrir que la mujer no es Judith.

¡Sí, el virtuoso! Su reacción, Hastings, es inmediata en todos y cada uno de los temas. Usted responde. Decide cometer un asesinato.

Pero, por fortuna, Hastings, usted tiene un amigo cuyo cerebro funciona. ¡Y no solo su cerebro!

He dicho al principio que si usted no vio la verdad fue debido a su carácter excesivamente confiado. Siempre cree lo que le dicen. Usted se creyó todo lo que le conté.

Sin embargo, le hubiera resultado muy fácil descubrir la verdad. Despedí a George. ¿Por qué? Lo reemplacé por un hombre menos experto y mucho menos inteligente. ¿Por qué? Ningún médico me atendía. ¡A mí! Yo, que siempre he estado muy pendiente de mi salud, ahora no quería ni oír hablar de visitar a ninguno. ¿Por qué?

¿Comprende ahora por qué le necesitaba en Styles? Tenía que disponer de alguien que aceptara lo que yo dijera sin hacer preguntas. No puso en duda mi afirmación de que había regresado de Egipto mucho peor que cuando fui allí. ¡La verdad es que volví muchísimo mejor! Usted podría haberlo descubierto si se hubiera tomado la molestia. Pero no, usted me creyó. Envié a George a su casa porque no habría podido engañarlo con la historia de que las piernas no me sostenían. George es extremadamente inteligente en sus observaciones. Habría advertido el engaño.

¿Lo entiende, Hastings? Me fingía desvalido, engañaba a Curtiss, pero no era un inválido. Podía caminar... cojeando.

Le oí subir aquella noche. Noté su vacilación antes de

decidirse a entrar en la habitación de Allerton. Enseguida me puse en alerta. Conozco a la perfección cómo funciona su mente.

No perdí el tiempo. Estaba solo. Curtiss había bajado a cenar. Abandoné mi habitación y crucé el pasillo. Lo oí trastear en el cuarto de baño de Allerton. Después, amigo mío, de aquella manera que usted tanto deplora, me arrodillé para espiar por el ojo de la cerradura del cuarto de baño.

Vi sus manipulaciones con los somníferos. Comprendí cuál era su intención.

Entonces pasé a la acción. Regresé a mi cuarto. Hice mis preparativos. Cuando subió Curtiss, le pedí que fuera a buscarlo. Se presentó usted. Entró dando grandes bostezos y me explicó que le dolía la cabeza. Me mostré preocupadísimo, le ofrecí mil y un remedios. Para tranquilizarme, consintió en tomar una taza de chocolate. Se lo bebió de un trago para marcharse cuanto antes. Pero yo también disponía de somníferos.

Así fue como se quedó dormido hasta la mañana siguiente, en que se despertó siendo el mismo de siempre y se horrorizó ante lo que había estado a punto de hacer.

Ahora ya estaba a salvo, porque estas cosas no suelen intentarse dos veces, no cuando se ha recuperado la cordura.

Pero esto me decidió, Hastings. Lo que sabía de otras personas no se aplicaba en su caso. ¡Usted no es un asesino, Hastings! Pero hubiera podido morir en la horca a causa de un crimen cometido por otro hombre, inocente a los ojos de la ley.

Usted, mi buen Hastings, mi honrado y honorable Hastings, tan amable, concienzudo, inocente.

Sí, debía actuar. Disponía de poco tiempo, pero daba gracias por ello, porque la peor parte del crimen, Hastings, es su efecto sobre el asesino. Yo, Hércules Poirot, podía llegar a creerme elegido por Dios para impartir justicia. Por suerte, no habría tiempo para eso. El fin llegaría pronto. Solo tenía miedo de que Norton pudiera triunfar con alguien muy querido para nosotros. Le estoy hablando de su hija.

Ahora llegamos a la muerte de Barbara Franklin. Cualesquiera que hayan sido sus ideas, Hastings, no creo que haya llegado a sospechar la verdad.

Verá, Hastings, fue usted quien mató a Barbara Franklin.

Mais oui! ¡Fue usted!

Había otro lado en el triángulo. Uno que no había tenido del todo en cuenta. Norton empleaba unas tácticas desconocidas para nosotros, pero no dudo de que las aplicó.

¿Nunca se preguntó, Hastings, por qué la señora Franklin aceptó ir a Styles? No es precisamente un lugar que se acomodara a sus gustos. Le gustaba la comodidad, la buena comida y, sobre todo, la vida social. Styles no es un lugar alegre, no está bien atendido; se encuentra en medio de la nada. No obstante, la señora Franklin insistió en pasar el verano allí.

Sí, existía un tercer lado: Boyd Carrington. La señora Franklin era una mujer desilusionada. Esa era la raíz de su enfermedad neurótica. Tenía ambiciones sociales y económicas. Se había casado con Franklin porque le creía destinado a alcanzar una brillante carrera.

Franklin era brillante, pero no del estilo de ella. Su trabajo no le reportaría nunca notoriedad periodística, ni una gran reputación en Harley Street. A lo sumo lo conocerían media docena de hombres de la profesión y publicaría artículos en sesudas revistas científicas. El mundo exterior no sabría nunca de él y, ciertamente, no haría dinero.

Entonces aparece Boyd Carrington, recién llegado de Oriente, heredero de un título y de una gran fortuna. Un hombre que siempre se ha mostrado muy tierno con la muchachita de diecisiete años a la que estuvo a punto de pedir en matrimonio. Boyd Carrington acudirá a Styles, se lo sugiere a los Franklin, y Barbara le sigue.

¡Qué mal lo habrá pasado! Como es evidente, no ha perdido ninguno de sus antiguos encantos a los ojos de aquel hombre rico y atractivo, pero él es una persona anticuada, incapaz de sugerir un divorcio. Tampoco John Franklin es partidario de divorciarse. Pero si John Franklin fallece, ella podría convertirse en lady Boyd Carrington y disfrutar de una vida maravillosa.

Creo que Norton encontró en ella la herramienta perfecta.

Todo resultaba tan evidente, Hastings, a poco que lo piense. Aquellos primeros intentos de establecer hasta qué punto quería a su esposo. Se excedió un poco al hablar de «acabar con todo» porque era un lastre para su marido.

Entonces adoptó otro enfoque. El miedo a que Franklin pudiera experimentar consigo mismo.

¡Tendría que haber sido tan obvio para nosotros, Hastings! Nos preparaba para el fallecimiento de John Franklin a consecuencia de un envenenamiento por fisostigmina. Una muerte en aras de la pura investigación científica. Ingiere un alcaloide en apariencia inofensivo, que resulta ser mortal.

La única pega es que resultaba demasiado precipitado. Usted me comentó lo mucho que Barbara se enfadó cuando vio a la enfermera Craven leyéndole la buenaventura a Boyd Carrington. La enfermera Craven era una mujer joven y atractiva, a la caza de un hombre. Lo había intentado sin éxito con Franklin. (De ahí su aversión hacia Judith.) Sale con Allerton, pero sabe muy bien que él no es serio. Inevitablemente, tenía que poner los ojos en el rico y todavía atractivo sir William, un hombre muy dispuesto a admirar sus encantos. Ya se había fijado en la enfermera Craven como una muchacha sana y muy bien parecida.

Barbara Franklin se espanta y decide actuar con rapidez. Cuanto antes se convierta en una viuda patética, encantadora y dispuesta a dejarse consolar, mejor.

Así es como, tras una mañana de muchos nervios, prepara la escena.

¿Sabe una cosa, *mon ami*? Siento un gran respeto por el haba del Calabar. Esta vez dio resultado. Salvó una vida inocente y acabó con el culpable.

La señora Franklin les pidió a todos que subieran a su habitación. Preparó el café con muchos aspavientos. Tal como usted me dijo, tenía su taza junto a ella. La de su esposo estaba al otro lado de la mesa librería.

Luego ocurre el episodio de las estrellas fugaces. Todos salen al balcón. Se queda usted solo con el crucigrama y sus recuerdos, y, para disimular su emoción, hace girar la mesa para buscar una cita en un libro de Shakespeare.

Regresan los otros y la señora Franklin se bebe el café con el alcaloide, preparado para acabar con nuestro querido John, mientras que él se toma el café de la inteligente señora Franklin.

Pero si bien comprendí lo que había sucedido, Hastings, me di cuenta de que solo podía hacer una cosa. No podía probar lo que había pasado. Si la muerte de la señora Franklin no era un suicidio, las sospechas recaerían sobre Franklin y Judith. Dos personas por completo inocentes. Hice, pues, lo que debía hacer: insistir en la veracidad de las poco convincentes declaraciones de la señora Franklin sobre el suicidio.

Podía hacerlo así y, probablemente, era la única persona en condiciones de hacerlo. Mi declaración pesaría mucho. Soy un hombre de gran experiencia en cuestiones criminales. Si decía que aquello había sido un suicidio, todos lo aceptarían sin rechistar.

A usted le llamó la atención y no le pareció correcto. Por suerte no llegó a sospechar el verdadero peligro.

¿Pensará en ello después de haberme ido? ¿Permanecerá la idea agazapada en su mente como una víbora insidiosa que levantará la cabeza para sugerir que «quizá Judith...»?

Es posible y, por lo tanto, le escribí esto. Usted debe conocer la verdad.

Había una persona a quien el veredicto de suicidio no satisfizo: Norton. Le habían privado de su libra de carne. Como le dije, era un sádico. Le gustaba disfrutar de toda la gama de emociones, de las sospechas, los temores, el avance implacable de la ley. Lo habían privado de todo eso. El crimen que había preparado no le había servido para nada.

Pero más adelante vio la manera de resarcirse. Comenzó con las insinuaciones. Antes había dado a entender que había visto algo con sus prismáticos. Había querido transmitir la impresión de que había descubierto a Allerton y a Judith en una actitud comprometida, pero, como no había concretado nada, podía valerse del incidente de otra manera.

Supongamos, por ejemplo, que dice que vio a Franklin y a Judith. ¡Eso lo cambiaría todo! Podían surgir dudas sobre si era o no un suicidio.

En consecuencia, *mon ami*, decidí actuar sin más demoras. Le pedí a usted que le hiciera subir a mi habitación aquella noche.

Le diré con exactitud lo que sucedió. A Norton le habría encantado contarme su bien preparada historia. No le di tiempo. Le dije sin rodeos que lo sabía todo.

No lo negó. No, *mon ami*: se reclinó en la silla, con una expresión de mofa. *Mais oui*, no hay otra palabra para describirlo. Mofa. Me preguntó qué pensaba yo hacer respecto a una idea tan divertida. Le contesté que me proponía ejecutarle.

—¡Ah! —exclamó—. Ya lo veo. ¿Cómo lo hará? ¿Con la daga o con el veneno?

Estábamos a punto de tomarnos el chocolate. Al señor Norton le gustaban las cosas dulces.

—El procedimiento más simple —respondí— es el de la taza con veneno.

Le ofrecí la taza de chocolate que yo acababa de servir.

—En ese caso —me contestó—, ¿tendría usted inconveniente en intercambiar las tazas?

Le respondí: «En absoluto». En realidad, no tenía importancia. Como le he dicho, yo también tomo somníferos y, como llevo ya mucho tiempo tomándolos, me he habituado a ellos y la dosis capaz de dormir a Norton apenas tendría ningún efecto sobre mí. El somnífero estaba en la chocolatera. Los dos tomamos la misma cantidad. Poco después, Norton se quedó dormido, mientras que a mí apenas me afectó, sobre todo cuando contrarresté los efectos del somnífero con mi tónico estimulante.

Llegamos al último capítulo. Cuando Norton se quedó dormido, lo acomodé en mi silla de ruedas —cosa fácil, porque tiene toda clase de mecanismos que facilitan la tarea— y lo llevé al sitio donde la dejaba habitualmente, junto a la ventana y detrás de las cortinas.

Llamé a Curtiss para que me «acostara». Cuando todos dormían, llevé a Norton a su habitación. Solo me faltaba valerme de los ojos y los oídos de mi excelente amigo Hastings.

Quizá no se ha dado cuenta, Hastings, pero uso peluca, y supongo que ni siquiera se le habrá pasado por la cabeza pensar que mi bigote es postizo. (¡Ni siquiera George lo sabe!) Fingí quemármelo accidentalmente poco después de que Curtiss empezara a trabajar para mí, y le pedí a mi peluquero que me hiciera uno postizo.

Me vestí con la bata de Norton, me alboroté el pelo en la nuca, salí al pasillo y fui a llamar a su puerta. Luego apareció usted, para mirar hacia el pasillo con ojos somnolientos. Vio a Norton salir del cuarto de baño, para volver cojeando a su dormitorio. Oyó el ruido de la llave en la cerradura por dentro.

Entonces, le puse la bata a Norton, lo acosté en la cama, y le disparé con una pistola comprada en el extranjero y que había mantenido siempre oculta bajo llave, excepto en un par de ocasiones, cuando aproveché que no había nadie en el piso para dejarla bien a la vista sobre la cómoda de Norton y que la viera la doncella.

Abandoné la habitación después de dejar la llave en el bolsillo de la bata. Cerré desde fuera con la copia que había mandado hacer. Por último, me llevé la silla de ruedas a mi cuarto.

Llevo desde entonces escribiendo esta explicación.

Estoy muy cansado y los últimos esfuerzos me han dejado exhausto. No creo que falte mucho para...

Hay un par de detalles que quisiera resaltar.

Los crímenes de Norton fueron crímenes perfectos.

El mío no. No lo pretendía.

La manera más fácil y rápida de eliminarlo hubiera sido hacerlo abiertamente; por ejemplo: sufrir un accidente mientras manipulaba la pistola. Hubiera mostrado mi profundo pesar, un disgusto terrible. Un desgraciado accidente, sí. Todos habrían comentado: «Ese viejo chochea. No se dio cuenta de que el arma estaba cargada. *Ce pauvre vieux*».

No escogí ese camino.

Le diré el porqué. Porque preferí jugar con deportividad, Hastings.

Mais oui, con deportividad. Estoy haciendo todo aquello que usted siempre me había reprochado que no hacía. Estoy jugando limpio con usted. No hago trampas. Usted dispone de todo lo necesario para descubrir la verdad.

Por si no me cree, enumeraré todas las pistas.

Las claves.

Usted sabe, porque yo se lo dije, que Norton llegó aquí después que yo. Usted sabe, porque se lo han dicho, que cambié de habitación a poco de mi llegada. Usted sabe, porque también se lo han dicho, que se perdió la llave de mi habitación y pedí que me hicieran otra.

Por consiguiente, cuando se pregunte quién pudo matar a Norton, quién pudo pegarle un tiro y salir de la habitación cerrada por dentro teniendo en cuenta que la llave estaba en el bolsillo de la bata de Norton, la respuesta es la siguiente: «Hércules Poirot, que poseía un duplicado de la llave de una de las habitaciones».

El hombre que usted vio en el pasillo.

Yo mismo le pregunté si estaba seguro de que el hombre que había visto en el pasillo era Norton. Usted se sorprendió. Me preguntó si intentaba sugerirle que no lo era. Sin faltar a la verdad, le repliqué que no. (Naturalmente, dado que me tomé muchas molestias para sugerirle que era Norton.) Después saqué el tema de la estatura. Todos los hombres de la casa, señalé, eran mucho más altos que Norton. Pero había un hombre más bajo: Hércules Poirot. Además, es muy fácil incrementar la estatura con tacones.

Usted creía que yo era un inválido. Pero ¿por qué? Solo porque yo se lo dije. Había enviado a George a su casa. La última indicación fue decirle: «Vaya a hablar con George».

Otelo y Clutie John señalaban que X era Norton.

Entonces, ¿quién pudo matar a Norton?

Solamente Hércules Poirot.

En cuanto lo sospechara, encajarían todas las piezas: las cosas que yo había dicho y hecho, mi inexplicable reticencia. Las pruebas obtenidas de los médicos de Egipto, de mi médico de Londres, de que no era un inválido. La información de George de que usaba peluca. El hecho que no podía disimular y en el que usted tendría que haber pensado: que cojeaba mucho más que Norton.

Por último, el disparo. Mi único fallo. Tendría que haberle disparado en la sien. No pude soportar la idea de un efecto tan retorcido. No, efectué un disparo simétrico, en el centro exacto de la frente.

Oh, Hastings, Hastings, eso tendría que haberle revelado la verdad. Pero, después de todo, tal vez usted ya la sospechaba. Tal vez, cuando lea esto, ya la sepa.

Sin embargo, lo dudo.

Es usted demasiado confiado.

Es usted de muy buena pasta.

¿Qué más le puedo decir? Creo que Franklin y Judith saben la verdad, aunque no se la dirán. Esos dos serán muy felices, pobres como las ratas, aguantando las picaduras de innumerables insectos tropicales y padeciendo las enfermedades más extrañas, pero todos tenemos nuestras ideas sobre la vida perfecta, ¿no?

¿Qué será de usted, mi pobre y solitario Hastings? Mi corazón sangra por su causa, amigo mío. ¿Aceptará usted por última vez el consejo de su viejo amigo Poirot?

Después de leer estas líneas, súbase a un tren o a un coche, o a todos los autocares que haga falta, y vaya a ver a Elizabeth Cole, es decir, a Elizabeth Litchfield. Hágale leer esto o explíqueselo. Dígale que usted también estuvo a punto de hacer lo que hizo su hermana Margaret. Solo que Margaret Litchfield no disponía de ningún Hércules Poirot para protegerla. Líbrela de la pesadilla, hágale ver que su padre no fue asesinado por su hija, sino por aquel amable y afectuoso amigo de la familia, aquel «honesto Yago» llamado Stephen Norton.

No está bien, amigo mío, que una mujer como ella, todavía joven, todavía hermosa, rechace la vida porque se cree manchada. No, no es justo. Dígaselo usted, amigo mío, que todavía tiene atractivo para las mujeres.

Eh, bien, no tengo nada más que decir. No sé, Hastings, si lo que he hecho está justificado o no. No, no lo sé. No creo que un hombre deba tomarse la justicia por su mano.

Pero, por otro lado, ¡yo soy la ley! Cuando era muy joven y estaba en la policía belga, maté a un criminal que estaba desesperado y disparaba contra la gente desde un tejado. En los estados de emergencia, se proclama la ley marcial.

Con la muerte de Norton, he salvado otras vidas, vidas

AGATHA CHRISTIE

inocentes. Pero todavía no sé si... Quizá sea justo que no lo sepa. Siempre he estado tan seguro..., demasiado seguro.

Pero ahora me siento muy humilde y digo como un chiquillo: «No sé si...».

Adiós, *cher ami*. He dejado lejos de mi cama las ampollas de nitrato de amilo. Prefiero ponerme en las manos del *bon Dieu*. ¡Que su castigo o su misericordia sea rápida!

No volveremos a cazar juntos, amigo mío. Nuestra primera y nuestra última cacería han tenido lugar aquí.

Fueron tiempos felices.

Sí, muy felices...

NOTA FINAL DEL CAPITÁN ARTHUR HASTINGS

He terminado la lectura. Todavía no me lo puedo creer. Pero tiene razón. Debería haberlo adivinado. Tendría que haberlo sabido cuando vi el orificio de la bala, tan simétrico, en medio de la frente.

Es curioso, pero ahora mismo acabo de recordar el pensamiento que cruzó por mi cabeza aquella mañana.

La marca en la frente de Norton era como la marca de Caín.